# 可愛いけど最強？

KAWAII KEDO SAIKYOU?

## 異世界でもふもふ友達と大冒険！

3

著 ありぽん　画 中林ずん

Characters
登場人物紹介
黒ローブ
レンを誘拐した組織の一員。レン達の見張り役だが……
レン
気が付くと二歳児の姿で異世界にいた少年。異世界生活を楽しんでいた……んだけど、誘拐されちゃいました。
ブロー
レンが誘拐された先で捕まっていた、闇の精霊。
アイス
レンと一緒に誘拐された、モモッコルという魔獣。

ローレンス・サザーランド
自身の治める街ルストルニアでレンを保護することになった侯爵。
ディアブナス
かつて世界を闇で覆おうとして封印されたが、復活を目論む。
ドラちゃん
エンシェントドラゴンの子供。レンととっても仲良し。
スノーラ
レンとルリの保護者。本当は白い虎の魔獣だが人型にもなれる。

# 第一章　首都ベルンドアへ？

僕は長瀬蓮《ながせれん》。普通の中学生だったんだけど、気がついたら、知らない森に一人でいました。

しかも、二歳児の姿で！

これからどうなっちゃうか不安だったんだけど、スノーラっていう白い虎《とら》の魔獣に拾われたり、弱っていた青い小鳥を助けてルリって名前をつけてあげたり……それで、二人と一緒に住むことになりました。

それからしばらく経ったある時、僕達は、森の近くにある街――ルストルニアの領主さんのところに引っ越すことに。

それで、領主のローレンスさん、奥さんのフィオーナさん、二人の長男のエイデンお兄ちゃんに、次男のレオナルドお兄ちゃん。ローレンスさんが契約しているブラックパンサーのバディーと一緒に暮らしていました。

そんな毎日を送りつつ、スノーラの知り合いのペガサス――ブラックホードさんの子供やたくさんの魔獣さん達を、誘拐《ゆうかい》されていた場所から助け出したり、その中にいたモモッコルっていうもふもふ魔獣さんと契約してアイスって名前をつけて家族になったり……あとは、大人のみんながエンって呼んでるドラゴンさんとその子供のドラちゃんとお友達になったよ。それから、女神のルルリア様からハリセンを貰《もら》ったり、冒険者の依頼をしたり、僕達はルストルニアでの生活を楽しんでいました。

でも、最近起こっている妙な事件の手がかりを得るために、この国の首都ベルンドアに行くってスノーラが言い出したんだ。

新しい街、とっても楽しみだなあ。

そんなわけで、僕とルリ、アイスは部屋に戻ってきて、まずは何を持って行くか話し合いをすることにしました。

三日後の出発だけど、けっこう長い道のりだし、新しい街でもどのくらいお泊まりするか分からないから、しっかりと持って行くものを決めないと。

もちろん、持って行くのはおもちゃばかりではありません。

スノーラ達は、魔法陣とか変な気配とか、色々なことを調べに行くんだから、僕達もちゃんとお手伝いするよ。例えば……まぁ色々と。

今は思いつかないけど、きっとお手伝いできることがあるはず。それに魔法陣があったら僕が綺《き》麗《れい》に消してあげるし。

でも、ずっと僕達がお手伝いできるとは思えないからね。

そうなるとみんなが調べている最中は、僕達は大人しくしているのがお手伝い。その時に遊ぶものが必要でしょう？

うるさくしないように静かに遊ぶの。この前、ドラゴンお父さん達と初めて会った時みたいにね。僕とドラちゃんはあの時、ちゃんと静かに遊んでいたから、その時みたいにするんだ。

そんな話し合いを始めてすぐでした。

「待って、みんな」

エイデンお兄ちゃんとスノーラが部屋に入ってきて、僕達にちょっと小さい、旅行カバンみたいなものを渡してきました。

「そのカバンに入るだけおもちゃを持って行くようにね」

でも、ルリもアイスも首を横に振ります。

『スノーラ、いっぱい持てる』

『ボク達の、なんでもしまえちゃうなの』

ね、だからカバンはいらないよね……って僕も思ったんだけど、エイデンお兄ちゃんは違うみたいでした。

「そうだろうけど、たくさん持って行きすぎて、向こうでそれを出して、散らかると後がね。だから、これに入るくらいのおもちゃがちょうどいいよ。それでスノーラに持ってもらえばいいから。ね」

僕達はカバンを見つめます。

う〜ん、そう？　散らかしたりしないよ、だってすぐにスノーラにしまってもらえばいいし。でもこのカバン可愛いなぁ。もしかしてフィオーナさんが作ってくれたのかな？

カバンにね、ルリそっくりの小鳥と、アイスそっくりな魔獣の刺繍《ししゅう》がしてあったんだ。

「行くって決まってから、母さんが作ってくれたんだよ」

そっか、後でフィオーナさんに、みんなでありがとうしないとね。それにせっかく作ってもらったし、可愛いカバン使いたいかも。

僕達は話し合って、このカバンにおもちゃを入れて持って行くことにしました。

それからまたおもちゃの相談に戻ると、後ろでスノーラとエイデンお兄ちゃんが話し始めました。

「別にカバンを用意してもらわなくとも、我がしまってしまえばいい話だが……確かにたくさん持って行って、散らかしてもな」

「本人達は散らかさないって思ってるみたいだけど、時々凄《すご》い勢いで散らかすから。それに、カバンに必要なものだけ入れて出かけるってことに、少しずつ慣れた方がいいって母さんが言っててね」

「そうか。確かにレン達は時々我でもビックリするほど、散らかすからな。それにフィオーナの言うことも一理ある。今までは我が全てやってきたが、こういうことも勉強していかなければ。後で礼を言ってこよう」

「うん――はは、真剣に選んでるね」

お兄ちゃんがそう言って楽しそうです。

だって、カバンに入るもので、みんなでいっぱい遊びたいんだもん。

う～ん。ローレンスさんに貰った、いつも一緒に寝ているリス魔獣のぬいぐるみは、首掛けカバンの方に入れて持って行くから大丈夫。

こっちの新しいカバンには、おもちゃだけしっかりと入れられるよね。

あっ、そうそう。ぬいぐるみね、アイスの分もローレンスさんが買ってくれたんだ。お揃《そろ》いのやつ。

前の依頼の時に、この家の執事《しつじ》のスレイブさんにみんなお揃いのヘラを貰って、依頼の報酬《ほうしゅう》でお揃いリボンを貰って。

その後にぬいぐるみまでお揃いにしてもらったアイスは、とっても喜んで、少しの間どこへ行くにも、その三つをずっと持ったまま移動していたんだよ。

もちろん僕達もお揃いが増えてニコニコ。これからもどんどんお揃いのものが増えたらいいな。

ルリがおもちゃを前に、うーんと唸《うな》ります。

『小さいおもちゃがいいかも』

『うん、いっぱい持って行けるなの』

そうだね。大きいおもちゃはそんなにいっぱい入らないから、すぐに遊ぶものがなくなっちゃう。それなら小さいものがいっぱいの方がいいよ。

僕達はおもちゃ箱の中から小さいものを選んで、カバンの中に入れていきます。

そういえば、今度行く首都ベルンドアってどんな所なのかな？　街の様子とかは、ルストルニアとか、他の街とかと変わらないのかな？　ただ大きいだけ？

スノーラが住んでたのはもう何十年前だし、今の街がどうなっているか分からないよね。

「おにいちゃ」

「ん？　なぁに？」

隣で僕達を見てくれているエイデンお兄ちゃんに、ベルンドアのことを聞いてみます。

「べりゅんどあ、おおき？　おうち、いっちょ？　おみしぇいっちょ？」

「ああ、ベルンドアのこと？　そうだね、ルストルニアよりももっと大きくて、大きな家もたくさんだよ」

そう言って、エイデンお兄ちゃんが色々教えてくれました。

大きい家、小さい家が詰まっている感じだって。

それからね、ルストルニアでは、一番大きな建物は冒険者ギルドと商業ギルドでしょう？　それはベルンドアも一緒なんだけど、大きさが全然違うみたいです。横にも縦《たて》にも大きくて、なんと十階建て。

別にそこまで大きくなくてもいいんじゃない？　って思ったんだけど……

ベルンドアは首都で、他国との交流が盛んだから、人も物も溢《あふ》れているんだって。だから毎日全部の部屋を使っても作業が遅れて、そのせいで夜中まで仕事が大変みたいです。

でも他国との交流が盛んなぶん、色々な物が集まってくるから、お兄ちゃんでも見たことがない物がいっぱい売ってるんだって。

そんな大きな、人も物もいっぱい集まるベルンドアを、一日で見て回るのは無理で、最低でも五日間くらいないと、全部を見られないってお兄ちゃんは言いました。それも最低限ね。

お兄ちゃんでも五日間で最低減しか見られないなんて、僕が見て回ったら、何日かかるのかな？

「あ、そうだ。一番大事な話をしなくちゃね」

大事な話？

お兄ちゃんが立ち上がって本棚《ほんだな》の方へ。そして一冊の絵本を持って戻ってきました。

それは勇者が凶暴《きょうぼう》な魔獣から国を守る絵本で、僕もルリ達も大好きな絵本です。

「この絵本の絵が一番似てたかな」

絵本を読まずにペラペラページをめくるお兄ちゃん。そしてある絵のところで手を止めました。

そこにはお城の絵が。もしかして……

「レンもルリ達も、お城見てみたいって言ってたでしょう。今度行くベルンドアには、大きな大きな、この絵と似ているお城があるんだよ」

「ほんちょ!!」

『お城ある!?』

『本当にお城あるなの!?』

まさか本物のお城が見られるなんて！

本当に大きなお城で、街の外、壁《かべ》も関係なく、遠くからでもお城が見えるんだって。どのくらい遠くから見えるのかな？

ただ、街に近づくと、逆に少しの間見えなくなるみたいです。

どうしてって聞いたら、街を守っている壁が高すぎて、その壁のせいで、近づくと逆に見えなくなっちゃうみたい。お城のてっぺんの旗は少し見えるかもしれないらしいけど。

ベルンドアの街を守る壁の高さは、ルストルニアを守っている壁の二倍くらい。場所によってはもっと高いみたいです。もちろん低い所もあるけど。

だからこう、壁を見上げる形になっちゃって、壁の近くだと逆に中が見えなくなっちゃうんだよ。遠くからの方が、壁が低く見えるから、お城の上三分の一くらいが見えるんだって。

それから、壁は三重になっていて、街の中心部に入るだけで、門を三つも潜《くぐ》ります。

それくらいしっかりベルンドアを守っているってことだよね。もちろんそれは国の首都だからってこともあるけどね。

でも、お城があるってことは……

「みんなが会ってみたいって言ってた、王様、王子様ももちろんいらっしゃるよ。ただ、お会いすることができるかは僕には分からないけど」

「おしゃま!!」

『王子様いる!!　凄い凄い!!』

『アイス、会いたいなの!!』

そりゃあいるよね、王様、王子様。王妃《おうひ》様だってもちろんいるわけで。

凄いなぁ、本当のお城に王様、王子様だよ。もちろん地球でも王様はいるし、お城もあるけどさ。施設にいた僕が会うことも、見に行けるわけもなくて。

それに、王様に会うことはできなくても、お城は見られるってことでしょう？

僕、それだけでもとっても嬉《うれ》しい！

お城はどんなだろう？　この絵本のお城に似ているって言っていたけど。

絵本のお城は全体的に明るい水色と白で、あとは綺麗なステンドグラスみたいな窓。絵本のお城だから、細かい所までは描いていないけど、そんな感じの絵です。

それから絵本には、お城の中でパーティーをするシーンもあるんだけど、中もキラキラしているものばかり。壁も天井も、飾りもキラキラ。置物もキラキラ。

ルリとアイスは、絵のページ何回もめくって、交互に何度も質問してます。

僕も質問したかったけど、大体はルリ達が聞いてくれました。

『お城そっくり、色がそっくり？』

「そうだね、色も形もそっくりかな」

『旗、いっぱい付いてるなの？』

「うん、一番上に付いている旗が一番大きくて、他にもいっぱい付いているよ」

『お城の中に入った？』

「何回かね」

『王様会ったなの？』

「うん、何回かお会いしているよ」

『王子様も？』

「うん、王子様も」

『凄いなの!!　アイスも会いたいなの!!』

その他にもいっぱい質問したルリ達。

やっぱりお城の中も絵本と同じで、かなりキラキラしているみたいです。

あっ、それからね、絵本のお城と同じように、シャンデリアがあるみたいなんだけど、その他にも、光の魔法で色々な光の玉が浮いているそうです。それがゆらゆら揺れながらキラキラ光って、絵本よりももっと綺麗だって。

あと、本物そっくりの大きな魔獣の銅像《どうぞう》が飾られているし、僕達が喜ぶ銅像も飾られているって。

何の銅像か聞いたんだけど、「何かなぁ」って、お兄ちゃん、教えてくれませんでした。

なんで？　僕達街には行くけど、別にお城には行かないでしょう？　外から見て終わりじゃない？　教えてくれればいいのに。

ブーブー言う僕達に、お兄ちゃんは笑って銅像のお話をやめちゃいました。

もっとルリ達は質問したかったみたいだけど、スノーラに「おもちゃは用意しなくていいのか？」って言われて、あっ、そういえばって顔をしていました。

そうそう、僕達準備している途中だったんだよ。

「ほら、後でまた話してあげるから、先に準備しようね」

「りゅり、あいしゅ！　じゅび、はやく!!」

『どんどん入るだけ入れちゃおう!!』

『もう一つのおもちゃ箱のも、ちゃんと入れるなの!!』

僕達が作業を再開すると、またスノーラとお兄ちゃんが話していました。

「ふふ、さらに遊びに行くみたいになってるね。あれは何をしに行くか完璧《かんぺき》に忘れてるよ」

「お前が城の話などするからだろう。まぁ、レン達には楽しみなことがある方がいいからな。だが……そうだな、お前が途中で銅像の話をしなかったこと。我もあれのことは黙っておくか。その方が、何の銅像か分かった時、喜びが増すだろうからな」

「でしょう？　だから言わなかったんだよ。レン達はお城が見られるとだけ思ってるからね。しかも外から」

「今からレン達の喜ぶ顔が目に浮かぶな……これが、ただ遊びに行くだけならもっとよかったのだがな」

「それはしょうがないよ」

「しゅのー、きちぇ!!」

『お兄ちゃんも！　手伝って！』

話していないで、おもちゃ入れるのを手伝って！　まだ聞きたいことといっぱいなんだから。

それに僕達よりスノーラ達の方が綺麗に、いっぱい入れられるでしょう？

『いっぱい入れてなの!!』

「分かった分かった、はぁ、まったく」

「さぁ、準備を終わらせちゃおうか」

◇　◇　◇

「ラジミール、報告が来た。あの子供は三日後にベルンドアへ行くようだ。その前に計画は実行できそうか？」

「はい、コレイション様。ギリギリですがなんとか。後はあれがしっかりと定着すれば、力を半分ほどは使えるようになるかと。そうなれば子供を攫《さら》ってくるなど簡単にできるはずです」

「そうか。後はジャガルガ達がどう出るか……しかしそれもお前が力を手に入れれば関係はないが、先に動かれても面倒だ」

もうすぐ私、コレイションの計画が動き出す。

ここまで来るのは大変だったが、それもあと数日。ラジミールが力を手に入れれば、そこからはもう止まることはないだろう。

しかしその前に、ジャガルガ達に邪魔をされる可能性がある。

奴らは元々、報酬を払って実験に付き合わせていたのだが、あの子供に目をつけ、我々と袂《たもと》を分かつことになった。

別に奴らがどうしようと構わないが、あの子供を攫う時に邪魔をしてきて、余計な手間をかけさせられてはたまらない。

私は面倒な、そして余計なことに時間をかけるのは好まないのだ。

あの子供が使えることが分かり、計画を少々変えたことで、予定よりも時間がかかってしまっている。

これに関しては、今後の計画をよりスムーズに動かすために必要だと判断したので、問題はない。

だが他のことで時間を取られるのはダメだ。

まぁ本当は、あの子供に目をつけたのはジャガルガ達が先なのだが。

最初ジャガルガ達があの子供を調べていると分かった時は、今度は子供に手を出すのか、程度にしか思わなかった。

しかしその子供と、子供と常に行動を共にしているスノーラという男が、私の計画に関係するようになると、予定外のことが次々に起こり始めた。

まさか、魔獣共を捕《つか》まえるための魔法陣まで、あの子供が消してしまうとは思ってもいなかった。

魔法陣を作ったラジミールが失敗をしていたのかと、ジャガルガではないが私もそう考えた。だが、ここまで失敗してこなかった以上、それはないと断言できる。

子供がどうやって魔法陣を消したか知らないが……本来の目的の魔法陣さえ見つからなければよかった。

そのため、ダミーの魔法陣をジャガルガ達に見張らせておいて、私はラジミールと、秘密裏《ひみつり》に集めておいた他の者達で、本命の魔法陣を使うことにした。

そうして最後まで本命のものは見つけられることはなく、しっかりとアレを手に入れることができた。他に一匹おまけが付いてきたが。

目的の第一段階を達成したことで余裕ができた私は、例の子供について調べることにした。

その結果、私の計画にどうしても足りなかった魔力が、あの子供で補えることが分かった。しかも補えるだけではなく、お釣《つ》りがくるほどの魔力を持っていたのだ。

――こうして今、私の計画は最終段階の手前まで来ている。

今ラジミールが行《おこな》っている段階が終了すれば、さらに真の計画を進めることができるだろう。

ここに来るまで、本当に時間がかかってしまったが、私が実行しようとしている真の計画には、それだけの価値がある。

この計画が成功すれば、またあの頃の素晴らしい世界がやってくるのだ。

ほくそ笑む私に、ラジミールが頭を下げる。

「……ではコレイション様、私はまたあそこへ」

「分かった。くれぐれもやりすぎには気をつけろ。下手をすれば、全てまた最初からということになりかねない」

「心得ております。では」

そう、無理は禁物《きんもつ》だ。禁物だが、やるべきことはやらなければ。

ラジミールが出て行き、私は別の者を呼ぶ。

「おい」

「はっ、ここに」

「子供の様子はどうだ？」

「変わりございません」

「ジャガルガの方は」

「動き出すタイミングを計っているようです」

「そうか、動きがあったらすぐに知らせろ」

「かしこまりました」

もうすぐだ。もうすぐあのお方が復活をする。そうなれば私の理想の世界も復活するのだ。そして世界は私達のものに。もうすぐだ。

◇　◇　◇

「お〜い、入るぞ」

「おにいちゃ！　おはなち、ちゅじゅき！」

『さっきの続き！』

『いっぱい教えてなの！』

「ま、待って待って。これから行くんだから、あんまり話を聞かないで、楽しみにとっておいた方が……」

「おはなち!!」

「……何だこれ、どうなってるんだ？　荷物はもうまとまったのか？」

部屋に入ってきたレオナルドが、レン達とエイデンの様子を見て、我、スノーラに聞いてきた。

準備が終わったレン達は、すぐさまエイデンに先程の城の話の続きをしろと、凄い勢いで迫った。

エイデンがその勢いに追い込まれているところに、レオナルドが来たのだ。

レオナルドにその話をすれば、「話しすぎた兄さんが悪い」と言って助ける様子もなく、準備の終わったカバンに目をやった。

「何だこれ？　よくここまで入れたな？　一度出したらもう元に戻らないんじゃないか？」

そう、我の前には、もうこれ以上、紙一枚すらも入らないくらいにおもちゃを入れたカバンがあった。

レオナルドの言う通り、二度としまい直せないであろうほどに、パンパンになっている。レオナルドは大笑いだ。

「帰りは結局、スノーラがしまって帰ることになりそうだな」

「だろうな。まぁ、本人達が満足していたし、その時の可愛い顔を見られたから、我はそれでいい。次回はもう少し少なく入れさせるがな」

我にとっては、ここ最近の様々な事件の原因を調べるための大切な旅だが、レン達にはただの楽しい旅になりそうだ。

ベルンドアへ行くまで後三日、どんな旅になるか。

それに我々が戻ってくるまでに、何も起こらないといいのだが……レン達やローレンス達が帰ってくる場所が、いつも通りであってほしい。

「おにいちゃ！」

『早くお話!!』

『話してなの!!』

はぁ、そろそろエイデンを助けに行くか。

「レン、ルリ、アイス、エイデンは少々疲れているようだ。また後で……」

「しゅのー、しー!!」

『今お話聞いてるなの！』

『スノーラ、今のお城、知らないんでしょ！』

思っていたよりも凄い迫力で、今度は我の方へ向かってくるレン達。何も言わなければよかったか？

エイデンがホッとした顔をして、レン達が我の方へ来ているうちに、部屋から出て行こうとしたのだが……気付いたレン達に追いかけられることになってしまった。

すまんエイデン、助けられそうにない。

◇　◇　◇

『明日だね』

『楽しみなの！』

『でも少しの間遊べないね』

『それは寂《さび》しいなの！』

『帰ってきたらいっぱい遊ぼ！』

ベルンドアに行くぞって決まってから二日経って、僕達の準備は完璧です。まぁ、おもちゃ以外はフィオーナさんとメイドのアンジェさんが準備してくれたけど。

それと準備の時、スノーラとローレンスさん、お兄ちゃん達が大変なことになっていました。

みんな、フィオーナさんとアンジェさんのお洋服攻撃にあったんだよ。

まずはスノーラ。いつも変身した時に着ている洋服だけじゃダメだって、スノーラ用の洋服をいっぱい用意してもらってました。その中からどれを持って行くか決めるだけで、前の僕の時みたいに、何回も着せられていたよ。

持って行く洋服が決まった時、スノーラは僕が今までに見た中で、一番ぐったりしていました。

それから、「レンがとっても嫌がっていた理由がよく分かった……」ってぽつりと言ってました。

ね、とっても疲れるし、お洋服が嫌いになりそうでしょう？

僕は洋服を何回も着ることはなかったけど、持って行く洋服を入れたカバンが二つになりました。

しかもとっても大きいカバンなんだ。

ローレンスさんも「今回は遊びに行くんじゃなくて調べに行くのに、こんなに必要ないだろう」って言っていました。フィオーナさん達に聞こえないようにボソッとね。

次はお兄ちゃん達。

いつもは毎朝、フィオーナさんとアンジェさんが着る洋服をチェックして、その日に着る洋服が決まるそうです。でも今回フィオーナさん達はお屋敷に残るから、お兄ちゃん達自身でもちゃんと覚えておくようにって。他のメイドさんも付いてくるけど、一応ね。

この洋服はいつ着て、こっちの洋服はいつ着てって、全部の洋服について話していました。

「母さん、別にいつ何を着ても変わらないよ」

「そうだぜ。今回は色々と限られてるんだからさ」

二人がそう言ったら、フィオーナさん達が余計に止まらなくなっちゃいました。

「何を言っているの。いつ、どの家の方にお会いするか分からないのよ！」

「そうですとも。洋服選びはとても大切なことです。エイデン様方がきちんとした洋服を着ていないと、レン様の評価まで下がるかもしれないのですよ！」

「これからあなた達に教えることはまだあるのよ！　まったく、いくら調べに行くと言っても、最低限の……」

お兄ちゃん達はすぐに黙っちゃったんだけど、その時たまたま一緒にいたローレンスさんは知らないふり。僕のことを抱っこして窓から庭を見て、「ほら、ウインドホースが走っているぞ」って僕に話してきます。

でも……

「それからあなた!!」

フィオーナさんに呼ばれて、ローレンスさんがビクッとして。

「あなたもそんな所で外を見ていないで、しっかり聞いて！　まったく、どうしてあなた達は服に無頓着《むとんちゃく》なのかしら。もう少しその辺をしっかりしてもらわないと」

「その通りです、奥様」

僕はローレンスさんから逃げてスノーラの所に。

それから、いつもみんなでまったりするお部屋にそっと移動して、フィオーナさん達の洋服の準備が終わるのを待ちました。

時々セバスチャンさんがお茶を持ってきてくれたから、その度に終わった？　って聞いたけど、セバスチャンさんは笑うだけでそのまま出て行っちゃってました。

結局、ローレンスさんとお兄ちゃん達がまったりする部屋に来たのは、お昼ご飯のちょっと前でした。

みんなとってもげっそりしてたから、僕の飴《あめ》を一つずつあげたんだ。

そしたらローレンスさん達、泣きそうな顔して僕にありがとうって言ってくれました。

そんなわけで、フィオーナさん達の洋服の準備で、午前中は終わっちゃったけど、午後はブラックホードさんが魔獣さん達を連れて、一日早いけどお見送りに来てくれました。明日は朝早く出発するし、バタバタするだろうからって。

当分遊べない僕達は、そのまま遊ぶことにします。

その隣で、スノーラ達は明日からのことを話していました。

「何か手がかりが見つかるといいが」

「まぁ、向こうの状況次第だろう。ベルンドアでも何か問題が起きているようなら、やはり同じ原因かもしれないぞ」

「こちらよりも状況が悪ければ、向こうの魔獣が騒いでいるはずだが……そういった話も聞かないからな。全く異変がないか、それともこちらと同じくらいの微妙《びみょう》な変化で、あちらも困っている頃か」

「とりあえず、全ては向こうへ行ってからだな」

そんな大人達の話をよそに、夕方までいっぱい遊んだ僕達。

ブラックホードさん達みんなに、行ってきますのバイバイをしました。

それからいつもよりも少しだけ早いご飯を食べて、早く寝ることに。

「あちた、たのちみ！」

『うん！　早く明日にならないかな』

『初めて遠くに行くなの！』

「ほらお前達、早く寝ろ。明日起きられなくても知らないぞ」

騒いでドキドキの僕達は、なんとか寝ることはできたんだけど。

——でもね、僕達の楽しみは、真夜中の突然の出来事によって、なくなっちゃったんだ。

◇　◇　◇

俺、ジャガルガは皆に声をかける。

「おい、そろそろ行くぞ。きっと奴らも来るはずだ。チャンスは今しかないからな」

集まった全員が武器を持ち立ち上がった。

「いいか、俺達を馬鹿にしたことを後悔させてやるぞ。あの子供を手に入れれば当分の間、俺達は遊んで暮らせるんだ。しっかり気合を入れていけ!!」

「もちろん！」

「やってやりますよ！」

「ふっ！　行くぞ、野郎共!!」

絶対に手に入れてやる、あれは俺が先に目をつけたんだ。

◇　◇　◇

「ラジミール、準備は？」

「…………」

「ラジミール!!」

「はっ!?　準備は整っております」

「しっかりしろ。まだ半分、お前の意識は残っているのだからな」

意識がハッキリしたラジミールが、私、コレイションに頭を下げる。

「遠い昔、わずか少しの間とはいえ、あの方が作り上げたあの世界に、わたしは憧《あこが》れておりました。そしてできることならば、その世界をまた現実のものにしたいと……ですがその方法が分からず困っていました。そんな私に声をかけてくださり、ありがとうございました。コレイション様」

「目的が同じだっただけだ……ではこの後も、最後までお前の仕事を全《まっと》うしろ。いいな。よし、行くぞ」

「はっ！」

# 第二章　スノーラ、ルリ、大好きだよ

今、部屋の中では、もの凄い風が吹き荒れています。

そして僕、レンとアイスの足元には、ドロドロした真っ黒の沼みたいなものと、周りには黒い霧《きり》の壁みたいなものがありました。

「りゅり!!　きちゃめ!!」

『来ちゃダメなの!!』

『レン!!　アイス!!』

『ルリ、今はダメだよ!!　お父さんまだ!?』

ルリが必死にこっちへ飛んでこようとするけど、それをドラちゃんが止めてくれていました。

「あいしゅ、だいじょぶ！　ぼく、しょばいりゅ！　はにゃれにゃい!!」

『うん！　ボク、レンと一緒、だから怖くないなの!!』

今、何が起きているのか。

——それは僕達が寝てだいぶ経ってから、真夜中のことでした。


久しぶりに夜中に目が覚めた僕は、スノーラがいないことに気がつきました。

そうしたら一緒に寝ていたはずのドラちゃんが起き上がって、スノーラとドラゴンお父さんは今、森に変化が起きたから、ちょっと見に行っているって教えてくれました。

その変な感覚はドラちゃんも感じて、スノーラ達が起きた時に一緒に起きたそうです。

その後はなんか眠れなくなっちゃったから、そのままベッドでゴロゴロしていたみたい。そうしたら僕が起きたの。

その変な感覚っていうのがどんな感じか聞いたら、ドロドロしているような、体にまとわりついてくるような、そんな感じだって教えてくれました。

スノーラ達は他にも感じたみたいだけど、でも詳しく聞く前に、森へ確認に行っちゃったそうです。

そうか、スノーラ達、今、いないんだね。

ベルンドアに行く前日なのに、ゆっくり寝られないなんて。どうして今日に限って、いつもと違う変化が起こるのさ。

そう思いながら、僕はトイレに行くことにしました。

ドラちゃんが人に変身してドアを開けてくれて、そうしたらその向こうにはセバスチャンさんがいました。相変わらずまだお仕事中だったみたい。

それでトイレに連れて行ってもらって、今日はホットミルクなしで部屋に戻りました。

部屋に戻った僕達は自分の寝る場所へ。僕はルリとアイスの間に、ドラちゃんはルリの隣に。

それで僕が先に、セバスチャンさんにベッドへ乗せてもらったんだけど、ベッドに入ろうとしたドラちゃんが、急にピタッと止まったと思ったら、それから部屋の中を見渡しました。

「どりゃちゃ、どちたの？」

「いかがなさいましたか？」

そう聞いたら『しっ』て、静かにしてのジェスチャーをしてきたドラちゃん。

その様子を見たセバスチャンさんが、ポケットからあの連絡用の石——対になっている物と連絡できるっていう魔道具を出します。

その瞬間《しゅんかん》——

「大変、何か来る!!　ここから離れないと。レン！　ベッドから離れて！　このベッドに向かってくる!!」

急なドラちゃんの言葉に、反応できない僕。

そんな僕をセバスチャンさんが抱き上げて、ルリとアイスもヒョヒョイと持ち上げると、僕の胸のところに置いてきました。

それからピョンって、一回でドアの方まで飛んだんだ。セバスチャンさんがそんな動きするのを初めて見ました。

セバスチャンさんが飛んだのとほぼ一緒に、ドラちゃんもベッドから一回飛んだだけで、僕達のいる場所まで来たよ。

でも次の瞬間、ベッドが爆発。

バリバリッ！　ガシャーンッ!!　って凄い音をさせながら、バラバラになっちゃいました。

その音で、寝ていたルリ達も流石《さすが》に起きて、何々って僕の胸であたふた。

僕は二匹が落ちないようにしっかり抱き寄せて、何かが襲《おそ》ってきたってことだけささっと伝えました。

その間にも、ベッドを攻撃した何かが、こちらを襲ってきます。

それは黒い影みたいなもので、杭《くい》みたいな形になって襲ってきたり、たくさんのトゲみたいになって攻撃してきたり、色々と形を変えながら迫ってきました。

それのせいで部屋の中はすぐにボロボロになっちゃいました。

「レン!!　どうしたの!?」

「何の音だ!?」

その時、廊下《ろうか》からお兄ちゃん達の声が聞こえてきました。

他にも声が聞こえて、みんな騒ぎに気付いて来てくれたみたいです。

「エイデン様、レオナルド様!!　何者かによる襲撃《しゅうげき》です!!　入ってきてはなりません!!　私共も今から部屋から出ますので、離れていてください！」

セバスチャンさんがシュッと攻撃を避《よ》けながら、遠くなっちゃったドアの方へまた進み始めます。

ドラちゃんも攻撃を躱《かわ》しながら、同じようにドアの方へ。

先にドアの前に着いたドラちゃんが外へ出たら、お兄ちゃん達が部屋を覗《のぞ》いていました。

「レン！　セバス‼」

「今そちらへ参ります！　お二人は旦那《だんな》様にお知らせを！」

「大丈夫、もう知らせに行ってる！　もう来るはずだ！　石で連絡したんだろう⁉　それにこの騒ぎだからね、流石に気付いてると――」

「セバス！　上だ‼」

エイデンお兄ちゃんの言葉を遮って、レオナルドお兄ちゃんが叫びます。

僕は思わず上を見たんだけど、でも上だけじゃなくて、下からも黒いものが飛び出してきました。

セバスチャンさんは避けたんだけど、足にそれが当たって、ドアの少し前で倒れちゃったの。

僕達も一緒に倒れちゃったんだけど、お兄ちゃん達が助けに来てくれました。

それでレオナルドお兄ちゃんが剣で黒いものを弾きながら、なんとか部屋から出ます。

それとは逆に、沢山の騎士《きし》さん達が部屋へ入って行って、僕達の周りを、盾を持った騎士さん達が囲んでくれました。

「セバス、大丈夫か？」

「何のこれしき」

そう言って、足の傷の部分にさっと布を巻いたセバスチャンさん。

僕達を守ってくれてありがとうって、みんなでありがとうをします。

セバスチャンさんがニコッと笑ってくれました。

「どうしたんだ!!」

ちょうどその時、ローレンスさんが駆《か》けつけてきて、部屋の中を見て険しい顔になります。

「セバス、説明を。それからエイデン、レオナルドはレン達を連れて避難《ひなん》部屋へ。話を聞き次第、すぐにケビンを向かわせる」

「分かった！　さぁ、レン、みんな、行こう」

「俺が守ってやるからな」

騎士さん達とお兄ちゃん達に守られながら、エイデンお兄ちゃんに抱っこしてもらって部屋から離れる僕達。

「あんなどこから襲ってくるか分からない攻撃、避難部屋で大丈夫なのか？」

「あの部屋の近くにいるよりはいいでしょう？　ほら、喋《しゃべ》ってないでまずは移動だよ、しっかり守ってね、レオナルド」

「分かってるよ。それより兄さんは、それ何を持ってきたんだよ」

「いや、何が起きてるか分からなかったから、使えそうなものをカバンに詰め込んできたんだ」

レオナルドお兄ちゃんとエイデンお兄ちゃんがそんな話をしながら、僕達を守ってくれている騎士さん達と一緒に、どんどん廊下を進んでいきます。

ドラちゃんは後ろを何回も振り返って、何か難しい顔をしていました。

大丈夫だよ、ドラちゃん。ローレンスさん達は人にしてはかなり？　おかしい？　くらい強いってスノーラ言っていたし。それにきっと、スノーラ達もすぐに帰ってきてくれるから。

そのまま一階に移動した僕達は、僕達がまだ入ったことのない、少し広い部屋へ入りました。

そしてドアと窓の前に三人ずつ騎士さんが立って、部屋の外には残りの騎士さん達が立ちます。

お兄ちゃん達は僕達をソファーに座らせて、部屋のチェックをしていました。

僕はソファーに座って深呼吸をしてから、部屋の中をしっかり見てみたんだけど、ちょっと不思議でした。

飾りとかは全くなくて、あるのは小さなソファーが六個、テーブルもとっても小さくて、その上には飴の入っている入れ物があるだけで、あとは何も載《の》っていません。それから、クローゼットが端に一個。

部屋にあるのはそれだけで、本当に余計な物を置いていません、って感じの部屋だったよ。

あと、窓には鉄格子《てつごうし》みたいなものが付いていて、窓も他の部屋と比べると、とっても小さいです。

『何にもない』

『うん、何にもないなの』

ルリとアイスは僕からあんまり離れない距離で、くるくる飛んで周りを見たり、ちょろちょろ歩いてみたり。

僕が隣のソファーに座っているドラちゃんを見たら、まだ難しい顔をしていました。

「どりゃちゃん、だいじょぶ、しゅのーも、おとうしゃんも、しゅぐかえっちぇくりゅ」

「うん、そうだね」

「むじゅかちいかお、どちたの？」

「あの襲ってきた奴、移動できるよ。今はレン達の部屋にいるけど、きっとまた移動して僕達の所に来るんじゃないかな」

「ドラ、どういうことか話してくれる？　あ、レオナルドはあのドアをチェックしておいて」

「分かった」

部屋をチェックしていたエイデンお兄ちゃんが、僕達の話を聞いてこっちに来ました。

レオナルドお兄ちゃんは向こうの壁の方へ行って、壁をパンパン軽く叩《たた》き始めます。

お兄ちゃん、何をしているんだろう？　エイデンお兄ちゃんには、ドアをチェックしてって言われていたよね？　それ、壁だよ？

僕達の部屋から離れたから、そこまで大きな音は聞こえないけど、でもそれでも音は続いていて、そんな中、お兄ちゃんがドラちゃんに話を聞きます。

ドラちゃんがあの攻撃が来るのが分かったのは、力の塊《かたまり》みたいなものが、地面の中を動いているのを感じたからでした。

最初はお屋敷の外門の辺りで、その力が急に現れたみたい。本当に突然だったって。

それで初めのうちは、壁の周りをぐるぐる回っていたその力は、何かを探しているみたいに、止まって進んでを繰り返していました。

それで少しして、その力が裏の壁まで来た時、そこでピタッと止まって、それから一気にお屋敷の方に向かってきたんだって。

お屋敷の方に進んできた力は、その後も最初と同じように、お屋敷の建っている下の地中をふらふらして、また何かを探す様子を見せました。

でもまたピタッと動きを止めたそうです……そう、僕達の真下でね。

そして一気にその力が僕達に向かって攻撃してきたんだ。

「それは絶対？　たまたまレン達を攻撃してきたんじゃなくて？」

「うん、たまたまじゃないよ。だって一直線だったもん」

一直線って、なんで僕達の所に来たんだろうね？

お兄ちゃんは話を聞いた後、とっても難しい顔になって、何かを考え始めます。

その時ルリが慌《あわ》てて僕達を呼びました。

『わわ!?　レン！　アイス！　壁が動いたよ！』

急いでルリが見ている方を見る僕。アイスも僕の足元からルリの方を見ています。

ルリが見ていたのは、レオナルドお兄ちゃんの方。

今レオナルドお兄ちゃんは、壁を押していて……押して？

よく見たら、ルリが言った通り、壁が動いていました。

壁の向こうには通路みたいなものが見えたけど……そういえばこの部屋は、お屋敷の一番端の部屋だったけど、なんであんな所に通路が？

うわぁ、うわぁ、あれは一体何？

壁に気がなった僕は、ドラちゃんとエイデンお兄ちゃんが、また話を始めたことに気付いていませんでした。

「あのね、エイデンお兄ちゃん」

「ん、何だい？　他にも何か気付いたことがある？」

「あの……多分だけど。たまたまかもしれないし」

「大丈夫だよ。気付いたことがあるなら、なんでも話してね」

「うん……あの変な力、レンを狙《ねら》ってるみたい」

「レンを？　ルリやアイス、ドラ、セバスでもなく、レン？」

「うん、僕達じゃなくてレン。最初はベッド全体を攻撃してくるって思ったの。でも直前でレンの方に力が集中して……ベッドは結局攻撃でバラバラになっちゃったけど」

「そっか。でもそれだけなら勘違いって可能性も」

「ううん。それにね、その後の攻撃も。僕、最初はレン達と一緒にいたから、その時は分からなかったんだけど。攻撃を受けてバラバラの方向に逃げたら、僕の方にはあんまり来なくなったんだ」

「あんまり？」

「二回だけ攻撃されたけど、他は全然。ずっとレン達の方を狙ってた。でもやっぱりルリ達もレンと一緒だったし、もしかしたらそっちを狙ってたのかも。ごめんなさい、ちゃんと分からなくて」

「そんな、謝らなくていいんだよ。ドラのおかげでみんな無事だったんだ。それにそういう細かい所に気付いてくれて、本当にありがとう」

「……うん！」

そうこうしているうちに、壁が完璧に開ききっていました。

「おにいちゃ！　かべひらいちゃ！」

僕は思わず、エイデンお兄ちゃんを呼びます。

「おにいちゃ！」

「はいはい。あっ、これを父さんに届けて」

エイデンお兄ちゃんが軽く僕に返事をしながら、紙にスラスラ何かを書いて、ドアの前にいた騎士さんにそれを渡します。

「しっかり届けてね」

「はっ！」

騎士さんが外へ出ると、エイデンお兄ちゃんは「ちゃんと開いたみたいだね。あ、レン達はもう少しソファーに座ってて」って言って、そのままレオナルドお兄ちゃんの方に行っちゃいました。

その間に、僕の頭の上に戻ってきたルリと、僕の足の上に乗ってきたアイス。

ドラちゃんが『どうしたの？』って聞いてきたから、壁の方を指差したら、『あれ？　いつの間にか壁が動いてる』って、目を丸くしてました。

そう、壁が動いたんだよ。僕は最初からは見ていなかったから、最初から全部見ていたルリが色々教えてくれたよ。

パンパン壁を叩いていたレオナルドお兄ちゃん。

僕もここまでは知っているけど、その後今度は、地面もパンパン叩き始めたみたいです。

それが終わったら、何かをブツブツ言いながら四箇所《かしょ》、手でそっと壁を触ったって。その触った範囲の壁が動いたみたい。

その後は、壁を横に押し始めたお兄ちゃん。

ルリは変なのって思っていたらしいけど、少ししてチリチリって少しだけ粉が降ったそうです。

多分、壁が動いた時に、埃《ほこり》か何かが降ったんじゃないかな。

そうしたらガコンッて、いきなり壁が横にずれて隙間《すきま》ができました。

レオナルドお兄ちゃんはちょっと顔を赤くしながら、壁をそのまま押していって……ハッ!!　と我に返ったルリが急いで僕達を呼びました。

そこからは、僕が見た通りです。

それにしても、壁に秘密の扉？　全然分かんなかったよ。普通の壁に見えたし、地面に壁が動くような隙間だってなかったよね？

う～ん、向こうはどうなっているのかな？　ここからじゃよく見えない。

「うん、綺麗だね。この前点検で開けたのは一ヶ月前だったからね。埃もほとんどない」

「兄さん、俺は少し先を見てくる。途中の灯りも今のうちにつけてくるよ」

「その方がいいね。ねぇ、そこの！」

エイデンお兄ちゃんがドアの所にいる騎士さんを呼ぶと、その騎士さんはお兄ちゃん達の所へやってきます。

「レオナルドに付いていって」

「はっ!!」

レオナルドお兄ちゃんと騎士さんは、壁の向こうへと進みます。どうも向こう側は、すぐ階段になっていたみたいで、二人の頭の位置はどんどん下がっていきます。

それからエイデンお兄ちゃんが僕達の所に戻ってきて、僕達にテーブルの飴をくれながら、あの壁の話をしてくれました。

ここは避難部屋って言ってたけど、何かあった時に備えて作られた部屋みたいです。

この世界には、いい魔獣さんばっかりじゃなくて、人に危害を加える魔獣さんもいるでしょう。時々そういう魔獣さんが、大群で街を襲ってくることがあるみたい。

そして襲ってくるのは、何も魔獣さんだけじゃありません。人も襲ってくることもあります。

そういう非常事態の時に、この部屋に避難をするんだって。

もちろん、そういう時にはローレンスさん達は街の人達のために動かないといけないから、ここにこもったりするわけじゃありません。それでも、例えば非常事態への対応を決めたり、話し合ったりする時とかにここを使います。

それで、玄関以外にも避難経路を作ってあって、それがあの秘密の扉。

地下に続いていて、一階から二階分くらい降った後は、ひたすら進むそうです。途中に何本も道があるんだけど、ちゃんと出口に繋《つな》がっている道は二本しかないんだって。

　もし敵がここまで入ってきちゃっても、逃げた人達が捕まらないようにするため、わざと何本も道が作られているんだよ。

　それと、あの壁は向こう側からも閉められて、そしたら綺麗に元通りの壁になるから、普通の人じゃなかなか見つけられないって。

　あと、開けるのには呪文《じゅもん》も必要で、限られた人しか知りません。無理やり開けるにはかなり大変で、これも時間稼ぎになります。

「本当はこの地下通路を使うようなことが起きないのが、一番いいんだけどね。それでね、地下通路なんだけど……」

　地下通路は逃げるためにあるからね、ライトも限られた必要最低限しか使わないそうです。あんまり明るいと、僕達はもちろん移動しやすいけど、それは敵も同じになっちゃうから。

「だからとっても暗く感じて怖いかもしれないけど、お兄ちゃん達が必ず一緒にいるから大丈夫だからね」

　エイデンお兄ちゃんはそう言って、頭を撫《な》でてくれます。

　あと、レオナルドお兄ちゃんが戻ってきたら少しだけど、中がどうなっているか見せてくれるって。大丈夫、どんな場所でもみんな一緒なら怖くないよ！

　それからすぐにレオナルドお兄ちゃん達が戻ってきました。

　ちょっと先までしか行っていないけど、今のところ異常はないみたいです。

レオナルドお兄ちゃんが僕を抱っこして、それからドラちゃんはレオナルドお兄ちゃんと手を繋いで、一緒にちょっとだけ壁の中に入ってみました。

『暗い』

『暗いなの』

「ほとんど見えないね」

「くりゃ」

思っていたよりも壁の向こうはとっても暗くて、中は見えませんでした。

大丈夫って言ったけど、僕心配になってきちゃったよ。

「早くお父さん達帰ってこないかな？　それであの変なの消してもらってさ」

ドラちゃんが口を尖《とが》らせながらそう言います。

うん、それがいいね。スノーラに早く帰ってきてもらって、ささっと解決してもらおう!!

◇　◇　◇

**「一体この攻撃は何なんだ、全くこちらの攻撃が効かない、剣も魔法も全て弾かれてしまう」**

**私、ローレンスは黒い塊に向かって剣を向けながら、そう零《こぼ》す。**

**そろそろケビンを護衛として子供達の方へ向かわせた方がいいだろうか。**

**そう考えていると、エイデン達に付いていっていた騎士が、エイデンからの伝言のメモを持って**

きた。

そこには、どうもレンが狙われているのではないかとドラが言っている、ということが簡単に書いてあった。

なぜレンを狙う？

色々と規格外なところはあるが、外に漏らすようなことはしていない。

それに、以前レンが酔っ払いに絡まれて以降、スノーラがいない時には、必ず近くに護衛をつけておいたのだ。レン達が不安がるといけないと思い、姿を見せないようにさせていたが。

スノーラもその護衛達からも、レンを狙っている者がいるなど、報告は一切来ていない。

だいたい、スノーラに気付かれずに、レンを調べるために近づけた者などいないはずだ。

しかし……魔法陣を調査しに森へ行った時、スノーラもブラックホードも、その気配を感じることができなかった。

それと同じように、人間の気配も消されていたら？

そう悩む私に、ケビンが声をかけてくる。

「ローレンス様、今はこれを消すことが先決です」

「分かっている。とりあえず使えるものは全て試そう」

「あなた！　風魔法は全て弾かれたわ！」

「分かった！　次は……」

フィオーナの言葉に、わたしは次の指示を出す。

どれだけの種類の魔法をここまで使ったことか。完全に消滅させることはできていないものの、どうにか弾いているおかげで、こちら側に重傷者は出ていない。

しかしやはり、弾き返すのが精一杯で、じわじわと追い込まれてきていた。

——と、それは突然だった。

一瞬、違和感を抱いた私は動きを止める。そしてそれは、フィオーナもセバスチャンも、ケビンもアンジェも同様だった。止まっていないのは騎士達とあの攻撃だけだ。

私は周りを見渡す。

何だ？　今何が起きた？　一瞬とても邪悪な気配が、体を通りすぎたような……

「あなた、あなたも今の気配を感じたのね」

不安そうなフィオーナに頷《うなず》き、私はセバス達の方に顔を向ける。

「ああ、セバス達もか？」

「はい！」

「今の感覚は一体……」

不安を覚えながらも、攻撃に戻ろうとする。しかしすぐに新たな変化が起きた。

今まで散々私達を攻撃してきていた、あの黒いものが全て消えたのだ。

しかも、つい先程感じたあの邪悪な気配が、私の屋敷全体を包み込んだような感じもした。

そして……それ以上の邪悪な気配を一階の方から感じた。

「……まずい、下だ!!」

私はそう言うのと同時に一階へと走り出す。

フィオーナ、セバス達もそれに続き、途中でフィオーナとアンジェが私を追い抜くと、先に一階へ下り、エイデン達のいる避難部屋の方へ向かった。

私も遅れながら廊下を曲がると、フィオーナが火魔法を放ったのが見えた。アンジェも同時に土魔法を放っていて――

◇　◇　◇

「まったく、ベルンドアへ向かう前日だというのに、こんな日に限って、妙な気配がするとは」

「しかも一箇所ではなく数箇所同時にな」

「だが、結局は何も分からず、か……」

それは真夜中、突然のことだった。

今までにない嫌な気配――それはエンの子供も気付くほどのものを、森から感じたのだ。

我、スノーラはエンと共に、すぐに森へ確認に来た。

明日は朝早くから移動だというのに、今日くらい何もなくてもよかっただろう。

街から一番近い森に着くと、既にブラックホードが待っていた。奴の近くの森は確認が終わったということで、他の森を見に行くことになった。

しかし、その気配の出所はあいまいで、結局は何も見つけることができなかった。

まったく、イライラする。これのために我らはどれだけ気を揉《も》まなければいけないのか。レンのことを考えたら人間の街にいた方がいいだろうと考えてこの街へ来たのに、これ以上問題が増えるのならば、本当に移動を考えざるを得ない。

その後も、念のためもう一度森を調べたが、やはり何も見つからない。

それが終わったら明日使うであろう森の道を確認しに行った。レン達が通った時に何かあっては困るからな。

そして何もないことを確認して、ブラックホードの森へ戻ってきた。

今回のことについて色々と話してから、我とエンは屋敷に戻ることにする。

「とりあえず、我らは一度帰るとしよう。息子も待っているからな」

「うむ……エン、ブラックホード、我は明日からいなくなるが、二人とも気をつけろよ」

ブラックホードは真剣な表情で頷く。

「分かっている。お前もしっかりと調べてこい。何も見つからないでは、私が許さんぞ。見つかるまで帰ってくるな」

「いや、見つかるまでと言っても……」

と、そこで我は言葉を止める。

ふと、懐かしい感覚があったのだ。

何だこれは？　何なのだこれは⁉　まるであの時のようなこの感覚は‼

我は振り返り街の方角を見た。レン達がぐっすり寝ているだろう街の方角を。

我だけではなく、エンもブラックホードも同じ方角を見つめていた。

我らでさえ一瞬固まってしまうような、禍々《まがまが》しい、そして邪悪な、とても強い力が街を包み込んでいたのだ。

「くっ、エン。戻るぞ‼」

我の言葉と共に、我とエンは街へと向かって走り出す。

我は途中で変身を解き魔獣の姿へと戻ると、エンを乗せさらにスピードを上げる。

『何だ、この感覚は。あの時とまったく同じではないが、かなり近いものを感じるぞ！』

「ああ、なぜそれが街の方から。なぜ我々がいない時に！」

エンも焦ったようにそう言う。

早く、早く帰らなければ。

レン、ルリ、アイス、今我が行く！　それまでどうか、どうか無事でいてくれ。

そう願いながら、これ以上は我でも体がもたないという、ギリギリのスピードで走る。

そして街が見えた瞬間――

「スノーラ、急げ‼」

『レン‼　ルリ‼　アイス‼』

◇　◇　◇

ソファーに戻った僕達。

ルリとアイスは相変わらず、僕からそんなに離れないで部屋の中を見ています。

壁が動いたからね。他にもそういう不思議なものがあるんじゃないかって、探しているみたい。

エイデンお兄ちゃんが「他にはないよ」って、ちょっと笑っていました。

そういえば少し前から、二階から聞こえていた音が少し小さくなったような。

ローレンスさん達があの攻撃を消してくれているのかな？　スノーラ達が帰ってきて、みんなで攻撃したら、完璧に消えてくれるよね。

あ～あ、でも僕達の部屋ボロボロだよね。きっと秘密基地も壊れちゃったよ。

……ん？　あっ⁉　僕、秘密基地で大切なことを思い出しました。

卵‼　秘密基地に置いてあった卵は無事かな⁉

僕がいた時は、まだ秘密基地は壊れてなかったけど、あれからどれだけ攻撃をされているかは分かりません。すぐにレンとルリを呼ぼうとします。でも……

みんなの動きが止まりました。

なんだろうね、なんか止まったんだよ。

僕もルリとアイスも、お兄ちゃん達やドラちゃんも。みんなが止まったの。

それから静かになってきていた音も完全に聞こえなくなって、全ての音が消えました。

そして数秒後――

「さっきの攻撃が来る‼　それに別の攻撃も‼」

ドラちゃんが叫ぶのとほぼ同時に、僕の所だけじゃなくて、みんなの周りの床から、あの黒い攻撃が飛び出てきました。

それから僕と近くにいたアイスの足元が真っ黒く染まって、僕とアイスはその中に沈み始めたんだ。ドロドロの沼に沈んでいっている感じでね。

僕もアイスもビックリして、その黒いものから急いで出ようとします。

『レン！　沈んじゃうなの⁉』

「あいしゅ‼」

僕よりも小さいアイスはすぐに体半分くらいまで沈んじゃってて、僕はなんとかアイスに手を伸ばします。

そんな僕も足が完璧に沈んじゃっていて、しかも足が抜ける様子が全然ありません。

アイスの方に行けなかったから、どうにか手だけでもって、一生懸命《いっしょうけんめい》手を伸ばしました。

「あちょ、ちょっ」

ガシッ‼　なんとかアイスをドロドロ沼から助け出すことができた僕。とりあえず、僕の頭の上でしっかり抱きしめます。

僕達が変なドロドロ沼に沈んでいっている間、お兄ちゃん達とドラちゃん、ルリはあの黒いものに攻撃されていて、僕達には気付いていませんでした。

なんとか自分で出られたらよかったんだけど、どうしても無理そうです。

攻撃されているお兄ちゃんに、助け求めるしかできません。

「おにいちゃ!!　たしゅけて!!　しじゅんじゃう!!」

「レン!?」

「……おい、あれ何だよ!?　今行くぞレン!!」

『レン!!　アイス!!』

ルリが攻撃を避けて僕の肩にとまると、それで一生懸命洋服を引っ張ってくれます。

「りゅり、あいしゅ、ちゅれてって！」

『レン、先!!』

ダメだよ、とりあえずアイスを向こうに連れて行って。僕沈んじゃうかもしれないから。

ルリにそう伝えるんだけど、ルリは僕を助けようと、離れずにずっと洋服を引っ張ってくれています。そのうちまたルリをあの攻撃が襲ったんだ。

『ぴゅいぃぃぃ!!』

「りゅり!?」

『ルリ!!』

攻撃が羽をかすって、ルリが僕の肩から落ちてドロドロ沼に。そしてすぐに沈み始めちゃいました。

慌てて引き上げると、ルリは気を失っていて、羽を見たら、かなりの血が出ていました。

「りゅり！　りゅり!!」

『しっかりするなの!!』

「レン、こっち!!」

前を見たら、いつの間にか目の前にドラちゃんがいました。攻撃を避けながらここまで来てくれたみたい。

まずドラちゃんにルリを渡します。ルリを受け取ったドラちゃんは、ポケットにそっとルリを入れました。

それからドラちゃんは今度は、僕の腕を掴《つか》んでドロドロ沼から引き上げてくれようとします。

ドラちゃんは小さくてもドラゴン。僕達よりも、とっても力持ちだからね。

僕は腰までドロドロ沼の中に入っていたんだけど、お尻《しり》くらいまですぐに出ました。

でもね、それ以上は上がらなくなっちゃったんだ。

さっきまでは沈んでいるだけだったのに、今は何かが僕を下から引っ張っている感じがして、そのせいで上がらなくなっちゃったの。

ドラちゃんも気付いたみたいで、早くしないとって、一生懸命に引っ張ってくれます。

そんなことをしているうちにお兄ちゃん達は、後少しで僕達の所まで届く距離に来ました。

「今行くから!!」

「すぐだからな!!」

お兄ちゃん達も来て、一緒に引っ張ってもらえば大丈夫。

そう考えた僕は、先にドラちゃんにアイスを渡そうとしました。まずはこのドロドロから、離れられる人から離れた方がいいと思って。

「どりゃちゃ！　しゃき、あいしゅ！」

「でも今手を離したら」

「しゃき、あいしゅ」

「……分かった！」

ドラちゃんが手を離したら、僕はすぐにまた腰まで沈んじゃって、それから引っ張られているせいで、その後すぐに胸まで沈んじゃったんだ。

急いでアイスを掴んでいる手をドラちゃんに伸ばします。ドラちゃんも急いで僕から受け取ろうとして……でも、それはできませんでした。

あの黒い攻撃がドラちゃんを襲って、ドラちゃんが壁の方へ飛ばされちゃったんだ。

「どらちゃ!?」

ドラちゃんは、意識はあるけどすぐには立てないみたい。

そしたら今度はお兄ちゃん達の声が聞こえてきました。

「わあぁぁぁ!?」

「くっ!!」

お兄ちゃん達も黒い攻撃で飛ばされちゃっていて、すぐに立つことができません。

というか、この部屋にいた僕とアイス以外、みんなが飛ばされちゃって、騎士さん達も立てなくなっていました。

そして僕とアイスの方にも変化が起きます。僕達が沈んでいるドロドロ沼を囲むように、黒いものが集まってきて、黒い結界みたいに完璧に僕達を包んじゃいました。

少しだけできていた隙間から向こうを見ると、お兄ちゃん達はまだ立てていなくて、僕は肩くらいまでドロドロの中に。

ただ、手を伸ばせば、アイスだけでも助けられるはず。

僕はなんとかアイスだけでもと思って、黒い結界の隙間からアイスを外へと出そうとしました。

でも黒いものは、僕がアイスを出そうとすると、その隙間を塞《ふさ》ぐんだよ。

アイスがギュッと僕に抱きついてきました。

『レン、僕レンから離れないの。一緒にいるなの』

そう言って僕の洋服に入って、でも服まで沈んじゃっているから、ドロドロの中から顔を出します。

……うん、そうだね。僕もアイスから離れないよ。

僕は服の上から、アイスをしっかりと抱きしめました。

どんなことがあっても、アイスは絶対に離さないからね!!

そして完璧に、アイスがドロドロに入りました。

そしたらちょっとして、アイスが服から少しだけ這《は》い出してきて、ドロドロの中でも息ができるって教えてくれました。

そっか。それだけでも分かってよかったよ。心配だったんだ。

でも真っ暗だから気をつけてって言って、アイスは服の中に戻りました。

戻る前に頭の上にいた方がいいって言ったんだけど、しっかり僕にくっついていたいからって。そうだよね。離さないって約束だもんね。

そしてついに、僕も顔までどんどんドロドロに沈んでいきます。

息ができるって教えてもらったけど、やっぱり不安で。大きく息を吸って、目を瞑《つむ》りました。

それでね、目を瞑ってすぐでした。廊下の方から声が聞こえてきたんだ。

目を開けたら、フィオーナさん達が、黒いのを攻撃しながら僕を呼んでいました。

それからすぐ後ろには、ローレンスさんの姿もありました。

みんな僕を助けようと、一生懸命こっちに来てくれようとしています。

でも黒いものの攻撃と、僕達の周りにある結界みたいなもののせいで、どうすることもできません。

　でもその時――

『レン!!』

それは僕が一番聞きたかった声でした。

バッ!!　と振り向くと、窓の所にスノーラがいました。

よかった、スノーラ帰ってきたんだね。

でもごめんね。たぶん僕、このまま沈んじゃう。

ルリが怪我《けが》をしているの、助けてあげて。とっても血が出ていて、酷い怪我なんだ。アイスは僕が守るよ。しっかり抱きしめて、離さないから。

……あのねスノーラ。これからどうなるか分からないし、もしかしたらこれでお別れかもしれないけれど。

僕ね、スノーラと出会えてよかったよ。もちろんルリとも。

それから少しの間だったけど、家族にもなれて、本当に、本当に幸せだったんだ。

ありがとう。大好きだよスノーラ、ルリ‼

『レン‼　くそっ、レン‼』

目のところもドロドロに入っていきます。

最後にしっかりスノーラの姿を目に焼き付けてから、僕は目を瞑って、見えないけど感じるアイスを、もっとしっかりギュッと抱きしめました。

グググググッ、そんな感じで、頭まで全部ドロドロの中に入ったのが分かって……

ドロドロ、ドロドロ、その中をどんどん沈んでいく感覚。周りの音は一切しません。

思わず息を止めていたので、そっと息をしてみると、アイスが言った通りにちゃんと呼吸ができました。

ふぅ、とりあえずよかった。まだ目は開けられなくて、周りがどうなっているか分からないけどね。

アイスも大丈夫そう。服の中で時々モゾモゾ動いて、僕にしがみついてきます。大丈夫、僕がいるからね。

僕達これからどうなるのかな？　このままこの中にずっと？　それともどこかへ向かっているのかな？

なんて考えていたら、今までドロドロ、ズルズルって感じで、その辺を沈んだり浮いたりしていたのが、急に一気に下り始めたような感覚になりました。

その後すぐに、今度はずぬぬぬぬって上がり始めたんだ。

そして頭の辺りが軽くなった感じがしたと思ったら、顔も軽くなった感じがしました。

その後も肩やアイスを抱きしめている腕、腰や足も、全てが軽くなりました。ドロドロが消えていく感じかな。しかも周りが少し明るくなったような。

「コレイション様、成功です」

いきなり知らない人の声がして、ビクッとした僕はそっと目を開けます。

最初はぼやっとしていた周りが、何回かまばたきをしたらしっかり見えるようになって、そして僕はまたまたビクッとしちゃいました。

あのね、僕達の周りに沢山の人達がいたんだ。

そうしたら服の中にいたアイスも、僕の反応で気付いたのか服の中から出てきたよ。

僕はハッ！　としてアイスを確認。

よかった、怪我はなさそう。元気に？　周りにいる人達を威嚇《いかく》しています。

全員黒いローブを着て膝《ひざ》をついていて、ただその中で僕の一番近くにいる一人だけ、変な仮面を付けていて顔が見えませんでした。

それからその隣には、いい洋服……この世界の貴族が着るような服を着ている男の人が、一人立っていたよ。みんな無表情でちょっと怖いです。

「変なものも付いてきましたが」

「ふん、またお前か。戻ってくるとはな」

仮面の言葉に、立っていた人が答えます。

ん？　どういうこと？

その貴族みたいな人、多分偉そうだし、さっきコレイション様って呼ばれていた人かな、そのコレイションがアイスをじっと見ていました。

『あ！　レン、あいつ僕達が捕まってた地下室に来てたなの！　アイツらの仲間なの!!』

アイスがそんな声を上げます。

ええ!?　誘拐犯の仲間!?　僕はコレイションを睨《にら》みます。

ここがどこだか知らないけど、まさかあの犯人と会うなんて。ここにスノーラがいてくれたら、すぐに捕まえてもらうのに。

「ふん、この私を睨んでくるか。まぁどうでもいいが……ラジミール、力はどうだ？」

「問題ございません」

仮面の男が頭を下げて答えます。

「そうか。では予定通り、儀式は明日の夜、月が重なった時に行う。それまでアレと同じ部屋に閉じ込めておけ」

コレイションがそう言うと、離れて立っていた黒ローブの一人が僕達の方へ近づいてきます。

それで僕を立たせると「早く歩け」って、押してきたんだ。

チビの僕がそんなに急に動けるわけもなくて、思いっきり転びそうに。アイスを潰《つぶ》さないように手を前に出して、顔面から転びました。

それでアイスを潰さなかったけど、でも勢いでアイスを離しちゃって。

『いちゃ！　レン!?』

「い、いちゃ……」

ちょっと起き上がったけどとっても痛くて、勝手に涙が出てきちゃいます。でもなんとか急いで、アイスをまた抱きしめました。

ごめんね、離さないって言ったのに、もうこれだよ。僕がもう少し大きかったらよかったのに。

痛みと何とも言えない気持ちで、ポロポロ涙が止まりません。

「おい、面倒を増やすな。子供の泣き声など、耳障《みみざわ》りでしかないのだからな」

「申し訳ありません」

「おい、俺が連れて行く」

コレイションが面倒くさそうに言うと、別の黒ローブが来て、僕の洋服を掴んで、ネコを運ぶ時みたいにして運び始めました。

ポロポロ涙が出ていたけど、なんとか周りを確認します。ここ地下なのかな？　そんな感じがするんだけど。だって土の壁に石がゴロゴロあるんだ。

『レン、大丈夫？　痛いなの？』

アイスが小さな声で聞いてきて、とっても心配そうな顔で僕を見てきます。涙止まってないから心配するよね。

でも大丈夫だよ、泣いているけど大丈夫。そのうち涙なんか止まるよ、それに痛みも。今はちょとだけ涙が止まらなくなっちゃっているけど。

でも僕がアイスを守る！　もう絶対に離さないよ！

◇　◇　◇

街の目の前まで移動すると、例の邪悪な気配が街を包んでいるのではないことが分かった。離れていた時は街全体と思っていたのだが、どうやら気配は屋敷を包んでおり、そして屋敷の中でも三箇所に強い力を感じたのだ。

我スノーラは一気に屋敷まで移動した。

その三箇所のうち、二つは二階と一階だ。

どうやら二階にいるのはローレンス達。一階にいるのがレン達と兄達のようだ。三箇所目がよく分からなかったが、もちろん我はレン達の所へ行こうと、そちらへ向かおうとした。

だが我らが向かおうとした瞬間、またそれの気配が変わったのだ。

それまで二階と一階にあった邪悪な気配が、一瞬で全てレン達の方へと向かった。さらに邪悪な気配までも加わっている。

我は人型になり、レン達がいる部屋の窓へ向かうが――屋敷に近づいた瞬間に何かに弾かれた。

「何だ⁉」

「結界か⁉　それとも結界とは違う何かが阻《はば》んでいるのか？　スノーラ！　破るぞ‼　力を一箇所に集中しろ！」

我々が屋敷に入れないうちにも、邪悪な気配はレン達の所へ集まっていく。

そして中から皆の声が聞こえた。何かが起こっていて、レンとアイスを助けようとしているようだった。

「気を逸《そ》らすな‼　それではいつまで経っても中に入れぬぞ‼」

エンにそう言われハッ！　とし、我は魔力を練り上げる。

そしてレンがいる部屋の窓辺りに、その魔力そのものをぶち当てた。

それとほぼ同時に、エンも同じように魔力をブチ当てる。

するとぶつけた箇所に、少しだが歪《ゆが》みが生まれていた。

「もう一度攻撃するぞ！」

すぐにもう一度攻撃すると、何かがパリンッと割れる感覚がして、そこから一気に屋敷の周りの何かがすうっと消えた。

――行ける‼

我はすぐに窓へ近づき、今度は弾かれることなく窓まで行くことができた。

そして……

中を見て我は驚愕《きょうがく》した。何だこれは？

部屋の中には、黒いものに襲われているエイデン達と騎士達。壁の所に倒れているドラ。ドラの洋服からルリの気配がする。

またドアの所からは、フィオーナとアンジェが攻撃をしていて、遅れてローレンスもやってきたところだった。

そして部屋のほぼ真ん中、黒い結界のようなものに覆われ、床のドロドロとした何かに、ほとんど沈んでしまっているレンの姿が見えた。

何だ、何なのだ!!　こんなもの、我は見たことがないぞ!!

我はレンの名を叫びながら、助けようと部屋の中へ入る。

しかし、我がここへ来たのが遅かったことは明白だった。

完全に沈んでしまう少し前、レンが我に気付きこちらを見てきた。その目には怯《おび》えの色はなく、いつもの優しい目だった。

我やルリ、そしてアイスをいつも大好きだと、一緒にいられて幸せだと、そう言ってくる時に見せる、とても優しい目で——

我は全力でレンの元へ行こうとする。

「レン!!　くそっ、レン!!」

そして……我の目の前で、レンは完全にドロドロの中へ沈んでしまった。

「レン‼」

それと同時にドロドロは消え、兄達を攻撃していた黒いものも消え、屋敷を包んでいた邪悪な気配そのものが完全に消えたのだった。

部屋の中が静まり返り、我はその場に座り込んでしまった。

フィオーナ達やエイデン達も同様に、動けなくなってしまっている。ローレンスも最初その場に立ち尽くしていたが、レンが消えた場所までフラフラ歩いてくると、そこに膝をつき、床を手で撫でる。

「スノーラ！」

その時エンに呼ばれ、我はハッとそちらを振り向いた。

「しっかりせぬか！　あの様子、レンを殺すためというよりは、どこかへ攫ったのだろう。どこへ連れて行かれたかは分からんが、ああいう類《たぐい》の魔法は、遠くからは使えないはず。近くに術を使った者がいるはずだ！　動くなら早く動かなければ。惚《ほう》けている場合ではない‼」

そうだ。レンを攫った時に使われた魔法。我も何種類かそういう魔法を知っているが、こういった魔法は、対象から離れている場所では使えないのだ。

使えるとしたら、この屋敷から一番近くの森くらいの距離のはず。

今回のものは初めて見た魔法だったが、その法則から外れることはないだろう。魔法を使った者は近くにいて、その側にレンもいるはずだ。

すぐに動かなければ。レンの気配はどこだ？

我が正気に戻りレンを探そうとした時だった。アイスの気配がないことにも気付いた。

『アイスはどこだ？　まさかアイスも』

「ごめん、助けられなくて」

エイデンとレオナルドが、よろっと立ち上がり我の方へ歩いてくる。フィオーナ達やローレンスも立ち上がると我らの方へやってきた。

エンの言葉を聞き、自分もしっかりしなければと思ったのだろう。先程までの愕然《がくぜん》とした様子は既になく、今はしっかりとした表情をしている。

それから詳しく聞けば、あのドロドロに捕まったのは、レンとアイスの二人だそうだ。

アイスは二人を助けるために近づいた時に怪我をしてしまい、ドラが受け取ってしっかり守っていたらしい。

そしてレンは最後まで、アイスを助けようとしていたようだ。

「そうか、レンはアイスをしっかり守っていたか」

「うん、しっかりね。怖かっただろうに、泣かずにアイスを守っていたよ……本当にすまない。大切な弟を守れなかった」

「俺も。ただ攻撃を避けるだけで、何もできなかった」

エイデンとレオナルドがそう言って俯《うつむ》く。

「謝る必要などない。間に合わなかったのは我も同じだ。今はレン達を探さなければ。エン！　ドラとルリの様子は？」

「ドラは気を失っているだけだ。ルリは治せない怪我ではない」

「そうか、ルリを頼む。我はレン達を探しに行く。我ら二人が動き、また同じことが起きたらまずいからな」

「任せろ。我がしっかり治してやる」

我はそれだけ言うと、すぐに屋敷から出た。

どこにも感じないレンとアイスの気配を探しながら。

◇◇◇

俺、ジャガルガと手下が、あの秘薬――絶対に誰にも存在を気付かれなくなる薬を使い、領主の屋敷に入ろうとした瞬間、それは襲ってきた。

それは黒い魔力の塊のような何かで、自在に形を変え、次から次にどこからともなく俺達を襲ってきた。おそらく俺達をガキに近づけさせないためのものなのだろう。

地面から、近くの木から、屋敷の壁から、次々に出てくるその黒い攻撃。

全て相手にしているのは面倒だと、俺はその攻撃を手下に任せ、自分だけでも邸の中に入ろうとする。

しかし今度は何か結界のようなものに阻まれてしまい、結局屋敷の中へ入ることはできなかった。

この様子だと、屋敷全体に結界が張られているのだろう。

そうこうしているうちに、また別の攻撃が俺達を襲ってきた。

さっきの黒いものに似た、ドロドロしたものが地面から湧《わ》き上がったと思ったら、近くにいた俺の仲間を包み始めたのだ。

捕まった奴らは次々に悲鳴を上げ、顔がどんどんしわくちゃになっていく。

そして最後にはミイラのようになってしまい、ドロドロが離れると、サラサラと体が崩れ始めた。

そしてそれが風に飛ばされ、洋服だけが残る。

まずいな、あれは触れたら終わりだ。

俺が近くにいた仲間に目配せすると、そいつは冷静に頷き尋ねてくる。

「ジャガルガ様！　どうします？」

「ガキの居場所は変わっていないか！」

「一階の端の部屋から動いていません！」

「よし、お前とお前は俺と来い！　他の奴らは……」

俺が指示を出そうとした時だった。

地面のドロドロの範囲が一気に広がり、こちらに迫ってきたのだ。

俺はなんとかそれを避けたが、これでまた半分の手下がドロドロに捕《と》らえられてしまい、さっきと同じように、洋服だけを残して消えてしまった。

そしてなんとか二回の攻撃を避けた俺だったが、すぐに変化が起きた。

さっきまでは地面を広がって、触れた者を包み込んでいただけのドロドロが、今度は立体的に持ち上がり、攻撃までしてきたのだ。

なんとか避けたのだが、ほんの少しだけドロドロが俺の顔を掠《かす》り、その部分がすぐにミイラ化し激痛に襲われた。声は出さなかったが、今までに味わったことのない痛みだった。

「ジャガルガ様⁉」

ドロドロの攻撃が弱まったところで、俺の所に生き残った奴らが集まる。

すぐに腹心のビケットに応急処置をしてもらったのだが、その間にも俺達の前にドロドロが集まり始めた。

そして――そのドロドロから、コレイションとラジミールが姿を現した。やはりラジミールの攻撃だったようだ。

奴を見た瞬間、俺はある違和感を覚えたが、それは口には出さずに、奴らに話しかける。

「ふん、やっぱりお前達の攻撃だったか。思っていたよりもやるじゃねぇか。ガキを手に入れるために本気で来たか？　俺達には本気じゃねぇと敵わないと、今更理解したか」

そんな俺の言葉を、コレイションは鼻で笑う。

「お前達に本気を出す？　何を言っている、そんな訳がないだろう。お前には一応礼を言いに来ただけだ。埃程度だが、お前達の仲間の力を取り込ませてもらったからな。そして今、お前からも少しな」

「そうかよ……おい！」

力を取り込む？　どういうことだ？

疑問に思いつつ、俺は手下にコレイション達を攻撃するように言う。

しかしドロドロに阻まれて近づくことはできず、今度はコレイション達がドロドロに沈み始めた。

「子供は手に入れた。ここにもう用はない。それとお前のその傷だが、そのうち全身にその症状が回り、最終的にはお前は消えることになる。今のうちに好きなことをしておくのだな。時間はそう長くないぞ」

そう言うとさっさと消えてしまった。

全身に回る？　どんな魔法だよ。ふん、そうなる前にお前達を見つけ出し、止める方法を聞き出すぜ。それにガキもこちらに渡してもらうぞ。待っていろ。

それから一応確認をしたが、やはりもうこの屋敷にガキの姿はないようで、領主共が騒ぎ始めた。ガキがいなくなったとなれば、俺達もここには用はない。俺達も見つかる前にアジトに帰ることにした。

移動しようとした時だった。

俺達の少し向こうを、それが通り過ぎた。

あの姿、あれはまさか……あの森の守護獣か⁉　まさかこんな場所にいるはずがない。今はあの森を守っているはずだ。しかし――

それはすぐに俺達の前から姿を消したが、俺の仲間もそれが現れた場所を見て固まってしまっている。

そんな奴らに声をかけ、すぐに俺達はサザーランドの屋敷を後にした。

アジトに戻ってから、ビケットに改めて治療をしてもらったが、先程よりも傷の範囲、ミイラ化した部分が広がっていた。

はぁ、面倒くせぇ魔法をかけやがって。

このスピードでミイラ化が進めば、確かに奴らの言う通り、そんなに時間をかけずに俺は消えそうだ。

だが、俺もやられっぱなしじゃねぇ。もう少し経てば奴らの居場所も、何をしようとしているかも判明するだろう。俺達の情報網を舐《な》めるなよ。

しかし……ラジミール。奴は一体どうしたんだ？

雰囲気が前とかなり変わっていた。まとっている空気も力も、そして姿さえも。

姿は全てではなかったが、顔がまるで別人だった。少しは面影《おもかげ》が残っていたが、パッと見た時に一瞬分からないほどだ。

声も少し変わっていた。こちらは変わったというよりは、他の声が混ざっているという感じか？時々混ざる別人の声。

何をどうしたら、数日であそこまで変われる？

ラジミールの変化、そしてコレイションが以前捕まえていた本命のアレと、ガキを使って何をするつもりなのか。

そういえばさっきの攻撃、あれは闇《やみ》の攻撃に間違いないだろう。しかし今までに見たことがない魔法だ。

その力を手に入れるために、アレを攫ってきた？　その方法が分かれば俺も力が使えるのか？

「ふはは、ふはははっ‼」

「リーダー？」

絶対に手に入れてやる‼　絶対にだ‼　そしてその後は……ハハハハハッ‼

# 第三章　どこかの家と、変な怪我治し黒ローブ

僕を連れた黒ローブの人が土と石の通路をどんどん進んでいくと階段が見えて、その階段を上ると木でできているドアがありました。

黒ローブの人が、ギギギギギィってとっても重そうな音を立てながら、ゆっくりドアを開けます。

その向こうにあったのは、とってもとっても狭い空間でした。

僕達と黒ローブの人が入ると、ギュウギュウになっちゃうくらいね。それに真っ暗なの。黒ローブが持っているライトの魔道具がなかったら、そこに何があるか見えないくらい。

僕達をこんな狭い所に入れておくつもりなのかな？　僕、とっても不安になっちゃいました。

アイスもギュッと掴まってきます。アイスだってこんな場所は嫌だよね。

そんなことを考えていたら、また黒ローブが動きました。

ライトを壁の出っ張りに引っ掛けて、壁の下の方と上の方を押した後、何か呪文を唱《とな》えます。するとガコンッて音がして、僕達の前の壁が少しだけ動いたんだ。

これってもしかして……

そう思っていたら黒ローブが壁を横に開いて、ライトを持ち直して外へ出ました。

ぶらぶら掴まれて運ばれている僕がなんとか振り向いたら、そこには本棚がありました。

そう、壁だと思っていたものは本棚だったんだ。本棚で地下への道が隠されていたの。

これって、さっきまで僕達がいた部屋にあった、隠し通路と同じだよね。

その通路の先にあったのは、小さな部屋でした。

僕が前世でいた施設の部屋と同じくらいの、ベッドと机とタンスが入るだけでいっぱいいっぱいの、小さな部屋。それと同じくらいだったよ。

この部屋には小さなテーブル、椅子《いす》が二脚、それから本が机の上に何冊か。あと窓は完全に閉められていました。

また歩き始める黒ローブ。部屋を出て廊下を歩いて、階段を上がって、一番奥の部屋へ移動します。チラッと見ただけだから何とも言えないけど、小さな一軒家って感じなのかな?

部屋に入ると小さなソファーが二台と、とっても小さなテーブルが一つ。大人用だけど小さなベッドが一つだけ置いてあって、やっぱり窓は閉められていました。

あとね、その窓の下に檻《おり》が置いてあって、中に誰かがいました。

たぶんルリと同じくらいの大きさの人の形で、羽が生えてるんだけど……もしかして、妖精《ようせい》さんなのかな？

この世界に妖精がいるか分からないし、僕も本とかでは見たことあるけど、本物は見たことないから、本当に妖精かは分からないけど……姿がそっくりなんだ。

そしてそんな妖精さんが入っている檻の下には、魔法陣があります。

黒ローブは僕をぽんっとソファーに置いて、アイスを僕から取ろうとします。

でも僕はアイスを離さないようにギュッとして、アイスも離れないように僕に掴まったから、黒ローブに引っ張られたアイスは、ビヨンってちょっと伸びる感じに。

すると黒ローブがアイスを離します。諦めてくれたのかな？

でも次に黒ローブは、僕の片足を引っ張りました。見たら洋服に血が付いていて、さっき転んだ時に怪我していたみたい。

確かにずっと右足だけ痛かったんだ。左足の痛みはなくなってたんだけど。それから顔、おでこがまだ痛くて。

黒ローブが足を持ち上げて引っ張ったから、また余計に痛くなっちゃったよ。

そのせいで、少し止まってきていた涙が、またたくさんポロポロしちゃいました。

触らないでよ。アイスも黒ローブを威嚇します。その時――

「ヒール」

え？

そう、黒ローブがヒールを使ってくれたんだ。すぐに足の痛みが消えます。ズボンを捲《まく》ってないから分からないけど、多分これ、怪我治ったよね。

僕とアイスが驚いているうちに、黒ローブはおでこやほっぺもヒールで治してくれて、ほとんど痛い所がなくなりました。

「……か？」

「う？」

ぼそって言われて、変な声出ちゃったよ。

「他に痛い所はあるか？」

僕は考えた後、そっと肘《ひじ》辺りを触りました。ぶつけた時、じわ～んてなってから、肘全体が痛いの。

「ヒール」

すぐに治してくれる黒ローブ。

「他はないか？」

僕が頷くと黒ローブは立ち上がって、「動くなよ」って言ってから何か準備を始めました。黒ローブの動きをじっと見つめる僕達。

どう考えても悪い人達なのに、なんでこの黒ローブはわざわざ僕の怪我を治してくれたの？

僕が転ぼうが怪我しようか、さっきのコレイションとか、どうでもいいって感じだったよね。でもこの人だけ違うみたい。

そんなことを考えているうちに、黒ローブが小さいテーブルに何かを持ってきました。ポットにコップが二個と、クッキーが二枚載っているお皿だったよ。

それからすぐコップに飲み物を注いで、残ったポットはそのままテーブルに。残りのクッキーが入っている袋もその隣に置きました。

「いいか、飲み物とクッキーは、好きなだけ飲んで食べろ。だが大人しくしているんだぞ。外には見張りがいるからな。何かしようとすれば、転んで怪我をした時よりも、もっと痛い思いをするかもしれない。分かるか？」

「……」

「はぁ、こんな小さな子供では分からないか。とりあえず静かにしているんだ。トイレに行きたくなったら外の奴を呼べ」

それだけ言うと部屋から出て行こうとします。でも途中で止まって、僕の方を見ます。

「どうにか間に合わせる」

そう言って、今度こそ部屋から出て行きました。

何？　どうにか間に合わせるってどういうこと？

僕達だけになって、僕はやっとアイスを下に降ろしました。

「あいしゅ、ごめんにぇ、ちゅよくちゅかんじゃった」

『大丈夫なの、守ってくれてありがとうなの！』

僕達は小さなテーブルに近寄って、黒ローブが用意してくれた飲み物を見ます。見た感じはオレンジジュースって感じだけど……

アイスが『ちょっと待つなの』って、ジュースとクッキーの匂《にお》いをクンクン嗅《か》ぎます。

『大丈夫なの！　何も入っていないなの。ボク、匂いいっぱい分かるなの』

アイスが簡単に教えてくれたんだけど、独り立ちするまでにお父さん達から、いいものと悪いものの匂いをいっぱい教えてもらったんだって。

森には触っちゃいけない色々なもの、食べちゃいけないものがいっぱいあるんだ。

そう、毒のあるものや、体が痛くなったり、痒《かゆ》くなったり、具合が悪くなるものね。そういうものの形とか匂いは、知っておかないと大変です。

しかも僕の知らないうちに、スノーラにも追加で教わっていたみたい。

特に人が食べられないものをね。魔獣さんは大丈夫でも、人がダメなのもあるから。アイス、それを全部覚えたんだって、僕のために。

凄いねアイス！　それとありがとう！　僕もそういうのを覚えなくちゃ。

『だから分かるの。これは大丈夫なの』

「うん、ありがちょ！」

僕達は一緒にジュースをひと口。

ふぅ、少しスッキリしたよ。おかわりはあるけど、少しずつ飲もう。何があるか分からないからね。

その後はクッキーを一枚食べて、こっちもおかわりがあるけど、少しずつ食べることに。

はぁ、スノーラ達大丈夫かな？　ルリ、怪我治してもらったかな？　ここは一体どこなんだろう？

考えることがいっぱいです。

でもとりあえず、ジュースとクッキーで落ち着いた僕達は、まずは部屋を調べてみることにしました。

壁を触って、変な通路が隠されてないか確かめてみたり、窓は閉まって外を見ることができないけど、どこかに穴が空いていて、そこから外が見えたりしないか。

それからさっきの黒ローブは、トイレに行きたい時は、外の人に言えって言っていたっけ。

僕は外の黒ローブに気付かれないように、そっとドアに近づきます。

ドアに隙間があれば、今廊下がどんな状況か見られるかもしれないからね。

……うん、色々やってみたんだけど、外の様子は全然分かりませんでした。

あ、でも一箇所だけ、僕の指先くらいの小さな穴が空いている場所があって、アイスと順番に向こうを見てみたんだ。

そうしたら廊下の向こう側に別の部屋が見えて、二人の黒ローブが座っていました。僕の怪我を治した黒ローブじゃなかったよ。

これ以上は何も分からないので、ソファーに戻る僕達。そしてちょっとジュースを飲んでひと休み。

「にゃにも、みえにゃかった」

『うん、黒ローブしか見えなかったなの』

そう言いながら、最後に僕達が見たのは、檻の中に入れられている妖精さん。

僕達が来た時も、檻の中でグッタリしていて全然動かなかったけど、僕達が部屋を調べている時も全然動かなかったんだ。

だからそっと近づいて様子を見てみることにしました。

洋服は黒色で、髪の毛も黒色。羽も黒色で、全体が黒色でした。それから顔を見たらとっても真っ青で、息もハァハァ苦しそうにしているの。やっぱり具合が悪くて全然動かなかったみたい。

「こにょこ、だれかにゃあ?」

『多分妖精さんじゃないなの』

え、妖精さんじゃない?

僕がビックリしていたら、『なんか、森にいる妖精さんと違う感じがするなの』ってアイスが言いました。

というか、やっぱりこの世界には妖精さんがいるんだね。僕は見たことないけど、いっぱいいるって。そうなんだ。

特に森にはたくさんの妖精さんがいるみたい。森にだけじゃなくて、林、洞窟《どうくつ》、川、岩場、どこにでも妖精さんはいるらしいです。

ただ人前にはなかなか出てこないんだって。どんな場所でも、妖精さん達には妖精さん達が暮らす、とっても空気が綺麗な場所があって、なかなかそこから出てきません。

でも遊び好きの妖精さん達は、魔獣の前だったらちょこちょこ遊びに来るから、アイスは森で暮らしていた頃、よく妖精さんと遊んだって。

僕が森で暮らしていた頃は、一度も会わなかったけど……やっぱり人間だから出てきてくれなかったのかな？　それともあの森にはたまたま妖精さんがいなかったとか？

ともかく、アイスは妖精さんといっぱい遊んだことがあるんだけど、この妖精さんからは、妖精さんの感じがしないって言いました。

妖精さんは空気が綺麗な場所に住んでいるって言ったでしょう？　その場所は本当に空気が綺麗で、そんなに場所に住んでいる妖精さんは、妖精さん自身も綺麗な空気をまとっているんだって。

でもこの子は、そんな妖精さん達とは違うみたい。

綺麗な感じもするし、力が溢れている感じもするし。とにかく普通の妖精さんじゃないって。

じゃあ、いったいなんなんだろう？

僕達がそんな話をしていたら、妖精さんじゃない誰かが苦しそうに、ちょっとだけ体を動かしました。

どうしようかな？　というか妖精さんじゃない誰かって言いにくい。セイさんでいっか。

とにかく、ここにスノーラがいてくれたら、ヒールで治してもらうのに。それか僕がもっと自由に魔法が使えたら、僕が治してあげるのに。

僕もヒールは使えるんだけど、上手く使えなくて失敗しちゃったりするんだ。

僕はそう思いながら少しだけ檻を動かして、反対を向いちゃったセイさんを見ようとします。

その時気がつきました。

そういえばセイさんの檻の下に、魔法陣が描いてあったような。

確認するとやっぱり、檻のサイズより少し大きい魔法陣が描いてあって、それを僕が踏《ふ》んでいました。

これ、きっと悪い魔法陣だよね。わざわざ檻を上に置いているんだもん。もしかしたら、セイさんの元気を吸い取ってるのかも。

あっ、この魔法陣も僕がはたいたら消えないかな？　僕が前、森でみんなを襲ってきた魔法陣を消した時みたいにさ。

そうしたらセイさんが元気になるかもしれないし、やってみようかな？　魔法陣をはたくくらいならうるさくないから、外にも音は聞こえないはず。

「ぼく、まほじん、けちてみりゅ」

『うん！　レン、頑張れなの！』

アイスが僕の頭の上に移動。

僕はこの前の魔法陣の時みたいに、シュッと魔法陣をはたいてみました。

そうしたら、僕の手が当たった所の魔法陣が薄《うす》くなります。

うん！　この魔法陣も消せそうだよ！

僕は少しずつ何回も、外に音が聞こえないように、魔法陣を消していきます。

前の時は、一回はらえば、その部分は綺麗になったんだけど……今回は一回だと薄くなるだけで、二、三回やらないと綺麗に消えません。

でも消せていることに変わりはないからね、少しずつだって消せれば、セイさんが元気になるかも。

それからもどんどん魔法陣を消していった僕。半分くらいまで消した時でした。ドアの前で話し声が聞こえてきました。

僕達は慌てて、ソファーの後ろに隠れます。

どうしよう、魔法陣半分まで消したのに、消したのに気付かれたら、また張り直されちゃうかも。それか僕達が殴《なぐ》られるかも。

ドアがガチャッと開いて、僕の怪我を治してくれた黒ローブと、別の黒ローブが入ってきました。別の黒ローブは僕達がいる方とは反対方向へ行くと、置いてあった箱の中をガサゴソし始めます。

怪我を治してくれた黒ローブの方はといえば、僕達を見た後、檻の方を見たんだ。

それでじっと檻を見て……何かに気付いたみたい。ちょっと檻を睨んだ後、僕達を見てきました。

やっぱり見つかっちゃった。怒られるよね。僕は叩かれてもいいけど、アイスのことは叩かないで。

僕はギュッとアイスを抱きしめます。

怪我を治してくれた黒ローブが、僕達の方へ歩いてこようとしました。

と、その時、箱をガサゴソ、何かを探していた黒ローブが、「あったぞ」って言って立ち上がります。

すぐに怪我を治してくれた黒ローブが、檻の方へ歩いていきます。

きっとあの箱の人に言うんだ。僕は目を瞑りました。

「……何だ、そんな所に立って。それの様子はどうだ？」

「相変わらずだ」

そんな会話が聞こえて、僕はそっと目を開けました。

それからソファーから出るのは嫌だったから、ソファーの下の隙間から、そっと檻の方を見てみます。

そうしたらやっぱり、怪我を治してくれた黒ローブが檻の前に立っていました。

でも普通に立たないで、こう足をちょっと広げて、魔法陣が描いてあった場所、僕が消しちゃった場所に立っていたんだ。

でもあそこに立ってたら、たぶんもう一人の黒ローブからも、檻が見えないと思うんだけど。

もしかしてあれって、怪我を治してくれた黒ローブ、わざと檻と魔法陣の様子が分からないようにしている？

それに気付いた様子もなく、もう一人の黒ローブが口を開きます。

「そう簡単には起きないさ、あれだけ力を奪っているからな。それにあと少しで、計画も最終段階に入る。このまま起きずとも、最後まであの方のために使い切ればいいだけ……いや、使い切るではないのか？　取り込まれた後も力を与え続けるんだったか？　どっちにしろ、そうなればこいつは長い眠りにつくんだ」

「……そうだな」

「それよりも、攫ってきたガキもこれから使うのだから、お前が面倒を見るように言われたのだ。明日の夜までだが、しっかり見ておけよ……今はソファーの裏に隠れてるつもりみたいだがな」

「ああ、分かっている」

「ふん、本当に分かっているのか」

そう言いながら、黒ローブは部屋から出て行きました。

残った怪我治し黒ローブは、檻から少し離れてまたじっと檻を見た後、今度は僕達の方に歩いてきます。

僕は急いで、今度は今出て行った黒ローブが、さっきガサゴソしていた箱の横に隠れました。

小さいソファーに座る怪我治し黒ローブ。僕達の方を見た後、コップにジュースを足して話しかけてきました。

「報告通り、魔法陣を消せるようだな」

僕は答えません。だって悪い奴らと話すことなんてないよ。怪我は治してもらったけど、やっぱりコレイションの仲間だから悪い人だよね。

「先に私が気付かなかったら、お前は酷い目に遭《あ》わされていたぞ。少しは大人しくしていられないのか？」

そう言いながら、クッキーもお皿に足してくれます。

それからも一人で話し続ける怪我治し黒ローブ。小さい声で話しているのは、外へ聞こえないようにしているみたい。

「しかし、魔法陣が消えれば、こいつも少しは具合がよくなるだろう……それと、お前達の世話は俺が任されることになった」

どうやら僕達のことは、この怪我治し黒ローブが見張ることになったみたい。

ドアの見張りはついているけど、トイレとか、食べ物とか、見張り以外の面倒はこの怪我治し黒ローブがしてくれるんだって。

「だから魔法陣が消えたことを、他の連中に知られることはないと思う。だが今みたいに急に誰かが入ってくることもあるから、これ以上余計なことはするな。痛いことをされたくはないだろう？」

なんで悪い人なのに、僕達のことを心配するんだろうね？

僕はちょっとだけ、箱の裏から顔を出してみます。怪我治し黒ローブは僕達の方じゃなくて檻の方を見ていました。

「魔法陣が完璧に消えれば、あいつも少しだが意識が回復するだろう、体も回復するはずだ。だがそれでも騒ぐんじゃないぞ。時を待て」

そう言って急に僕達の方を見てきたので、僕はまたサッと箱の裏に隠れます。

すぐに歩いてくる音がして、怪我治し黒ローブが真上から、僕達を見下ろしてきました。それからそっと手を出してきました。

ビクッとしちゃったけど、その手にはクッキーを持っています。

じっとお互いを見た後、僕はそっと手を伸ばして、それからシュッと素早くクッキーを受け取りました。

「いいか、おそらくこれからお前にとって、あまりよくないことが起きる。だが間に合わせる。だからそれまでは……」

そう言って、外へ出て行ったよ。

それを見送って、アイスが首を傾《かし》げます。

『レン、あの黒いの、変なの』

「うん、へん」

本当、あの人何なんだろう？　魔法陣のことは黙っていてくれるみたい。理由は分からないけどね。

僕は貰ったクッキーを食べて、急いで檻の方へ向かいます。残りの魔法陣を消しちゃわなくちゃ。そうしたらセイさんが回復するだろうって、あの人言っていたもんね。

僕は気合を入れて、でも静かに、また魔法陣を消し始めました。

◇◇◇

俺は子供達がいた部屋から出ながら、ため息をつく。

まさか俺が報告に行っている間に、これほど計画が進んでいるとは思わなかった。確かに奴らが計画遂行に向けて、動きを活発化させたため、気をつけてはいたのだが……

だから本国の連中には、早く動いた方がいいと、あれだけ何度も伝えていたのに。

いくら我々の国が人間と険悪な関係にあっても、これは世界の破滅に関わること。連携《れんけい》して事に当たっていれば、ここまで事態が最悪な方向に動くことはなかっただろう。

少し前に、今は檻に入れられているアレが囚われたと報告を受けた俺。

すぐに真偽《しんぎ》を確かめるために奴らの……コレイションの仲間の一人を捕まえ、その男になりすまして奴らの元へと侵入した。

そしてある程度の状況をまとめ、奴らが目をつけ始めた子供がいることを本国へ報告し、再び戻ってきたらこれだ。

まさかもう攫ってきているとは思わなかった。

子供を助けようとも思ったが、何かが起きて奴らの計画が早まってしまったら?

今、俺がすぐに用意できる仲間の人数では、奴らは止められない。いくら俺達が強いとはいえ、無理がある。

それならば子供には悪いがしばらくそのままでいてもらって、より多くの仲間をここへ呼び出し、戦力が揃ってから動くことにした。

だがおそらくそれは、コレイションたちの計画が動き出すのにギリギリ間に合うか間に合わないかになるだろう。

もしそうなった場合、子供だけでもなんとか助けられればいいが……俺と数人の信用できる仲間だけで、それができるかどうか。

それにしてもあの子供、本当に魔法陣を消すとは。

俺が先に気付いてよかったが、ここへ連れてきてまだ数十分だぞ。それでこれか？　もう少し静かにできないのか？　……まぁ、ワァワァ泣かれるよりはいいが。

……家族は心配しているだろうな。

もし全てが無事に終わったら、俺だけでも事の次第を話しに行くべきだな。

彼らはこの国の王と関係がある者達だ。最低限の義理は通す必要がある。

まぁ、何をするにも、まずは奴らの計画を阻止する。そして子供を守らなければ。

◇　◇　◇

それからも少しずつだけど、魔法陣を消していった僕。

アイスは、初めは僕のことを応援していてくれたんだけど、少ししたら、もう少し部屋の中を調べてみるって言い始めました。

何か見つけても触っちゃダメだよ、知らせてねって注意をして、『もちろんなの！』って返事をしてから、部屋の中を調べています。

あの怪我治し黒ローブは時々部屋に入ってきたんだけど、僕はその度にアイスを抱き上げてソファーの後ろに隠れました。だってまだ信用できないもん。

でもね、怪我治し黒ローブは黙ったまま、魔法陣を確認した後、少しソファーに座って、僕達の顔を見てから出て行くだけです。

少し前には、僕何も言わなかったんだけど、そろそろトイレに行っておいた方がいいだろうって、トイレに連れて行ってくれたんだ。

トイレは一階にあって、僕達のいた部屋は二階だから、移動中に家の中を確認しました。最初に連れてこられた時は、しっかり見ることができなかったからね。

それでやっぱり、ここは一軒家って感じでした。

一階にも部屋がいくつかと、それからちょっと広めの部屋が一つ。普通に誰かが暮らしてそうで、悪い人達のアジトって感じじゃないんだ。

それから黒ローブ達が何人かいて、一階に二人、二階で僕達の部屋のドアの前で見張りをしている二人と、その他に隣の部屋に二人いました。見張り以外の人は何もしないで座っていたよ。

あっ、でも一人だけ、机にいっぱい何かの液体が入った瓶を並べていました。それで、後どれだけ必要だとかなんとか、独り言を言っていたっけ。

そうそう、トイレね、黒ローブが色々してくれたんだよ。

いや、トイレ自体は、そりゃあ一人でしたけど。洋服を脱いだり着たり、後は手を洗ったり、色々と手伝ってくれて。

その時に怪我したところを確認して、「しっかり治っているな」って言ってたんだ。

う〜ん、やっぱり何か変だよね。僕をここへ連れてきたのは、間違いなくこの黒ローブ達とあのコレイションとかいう貴族で、悪い人に間違いないのに。

でもあの怪我治し黒ローブは、何かがおかしい。

悪い人だけど、悪い人じゃない？　本当はいい人？　う～ん。

「いいか、大人しくしているんだぞ」

トイレから部屋に戻ってきてから、それだけ言って出て行った怪我治し黒ローブ。

僕はもちろん、魔法陣を消す作業をするつもりです。

でも少し疲れたので、魔法陣を消す前にちょっとだけ休憩《きゅうけい》することにしました。

ジュースを飲んで、クッキーを食べて。小さなソファーにアイスを抱っこして丸まって座ります。

それでこっくりこっくりして……

パッと目が覚めた僕。

周りを見て上を見て、ビックリして急いでソファーから下りました。

下りる時にまだ寝ていたアイスは、僕が急に動いたからビックリして、『何々!?』って言いながら起きちゃいました。

ごめんね、僕もビックリしたんだよ。だって僕のことを、あの怪我治し黒ローブが抱っこしていたんだもん。

「起きたのか？　もういいのか？　トイレから帰ってきてから、三十分くらいしか寝ていないが」

いいのかって、僕それどころじゃないよ。

なんで僕達のことを抱っこしていたの？

僕がそう聞く前に、怪我直し黒ローブが口を開きます。

「大丈夫ならいいが……お前達が小さいとはいえ、ソファーの上で少し寝にくそうにしていたからな。私は自分の仕事に戻る」

そう言って出て行った怪我治し黒ローブ。

やっぱり変だよ。なんでそんなこと心配するの？

でも……後でありがとうした方がいいかな？　なんか今も、ホッとした顔してたし。

僕、どうしたらいいか分かんないよ。悪い人なら悪い人って、ちゃんと分かるようにしてくればいいのに。

少ししか寝てないけど元気になった僕は、魔法陣を消すのを再開。

アイスも、もう少し寝なくて平気か聞いたけど大丈夫だって言うから、アイスも部屋の中を調べるのを再開しました。


「あちょ、ちょっちょ。あちょ、ちょっちょ」

そんなこんなで、魔法陣は残り少しだけに。

あと二、三箇所はたいたら、完全に魔法陣が消えるところまできました。

その頃には、部屋を調べ終わったアイスが戻ってきて、最後の応援をしてくれてたよ。

ちなみに、やっぱり部屋の中には、何も重要なものは見つからなかったって。ほら、隠し扉とかね。

でも一箇所だけ隙間を発見。そこを覗いたら外が見えたみたいで、家が何軒かあったって。

うーん、ここはどこなんだろう？　まあ、考えても分からないから、まずは魔法陣を消さなきゃね！

『レン、頑張れなの！　あとちょっとなの！』

「シュッシュ、シュッシュ」

アイスの応援に合わせながら、最後の魔法陣も消していきます。

そしてついに――

「じぇんぶ、きえちゃ!!」

『やったなの！　レン凄いなの!!』

やっと全部の魔法陣を消すことができました。

小さくそっと、『やったぁ!!』のシャキーン！　のポーズをした後、すぐにセイさんを見ます。

僕が魔法陣を消している間、ずっと苦しそうに寝ていたセイさん。

う～ん、まだ苦しそう。前と変わってない？

そう思っていたら、苦しそうだったのがだんだんと、すぅすぅ、って普通の呼吸になってきて、それから体の震えも止まってきたような。

それから少し経ったら、今までが嘘《うそ》みたいに、セイさんはすやすや、顔色もよくなりました。

ふぅ、よかった。これで少しはゆっくり眠れるかな？

魔法陣を消した僕も休憩です。ソファーに座ってジュースを飲みます。

そうしたらまた怪我治し黒ローブが入ってきて、魔法陣とセイさんを確認。それから僕の方へ来ました。

今度は僕、隠れなかったよ。

それで怪我治し黒ローブは軽く僕の頭を撫でて、「よくやったな」って言ったんだ。

僕もアイスもじっと見ちゃったよね。だって、そんなこと言われると思ってなかったもん。それに頭撫でられたし。

その後すぐに檻の方へ戻る怪我治し黒ローブ。

「これはダミーの魔法陣だ。あいつらにバレる可能性もあるが、何もないよりマシだろう。この魔法陣はコレに害はないから安心しろ。ただの絵だと思えばいい。分かるか？　これはただの絵だ」

そう言うと、檻の下に新しい魔法陣が現れました。

慌てて見に行く僕達。でもいくら経っても、セイさんの具合が悪くなることはありません。

本当になんでもない、偽物の魔法陣なの？

「よし、これでいいだろう。いいか、その調子で静かにしているんだぞ」

バタンッ。

怪我治し黒ローブが外へ出て行っても、一応少しの間様子を見ていたんだけど、何も変化は起きなかったので僕達はまたソファーで寝ることにしました。

とりあえずセイさんが苦しくなくなってよかった。

◇　◇　◇

「長《おさ》、ユイゴ様からの報告です」

私、アーティストは長と側近が集まる部屋で、膝をつき口を開く。

ユイゴ様は私が仕えているお方で、今は人間の街でとある目的のために潜入《せんにゅう》任務を行っている。その報告が届いたので、私が長に伝えに来たのだ。

「それで、向こうの状況は？」

「すでにあれの計画は動き出していると、援軍を求めております」

「何だと？　まだ時期ではないと、つい先日連絡をしてきたではないか。一体あの者は何を監視《かんし》していたのだ！」

長はそう言うが、急変の可能性もあり、という報告もされていたのに何を言っているんだ。

「あれの復活はもう間近だと。奴らはそれに必要な子供も手に入れたようです」

「それは報告にあった、魔法陣を消せるという人間の子供のことか？」

「はい」

「それまで奪われたのか。ええいっ！　本当に何をやっておるのだ‼　我らの種族は出来の悪い人間や獣人とは違うのだぞ！　まったくあいつは本当に使えん男だ！」

私は睨みそうになるのをなんとか抑え、私と同じように隣で膝をついている父バイアスの方へ目をやる。

父は……流石に今、その表情をするのはまずいのでは？　と思うほど、彼らを睨みつけていたが、うるさく騒ぐ彼らは全然気付いていなかった。これなら私も睨んでも大丈夫だったか？

「いかがいたしましょう」

「はぁ、しばし待て。追って指示を出す」

「はっ」

私は父をその場に残して部屋を後にし、仲間が集まっている場所へ向かった。

「おい、どうだった？　すぐに動けって？」

部屋の中には何人かの男がいて、そのうちの一人、ブリアードがすぐに詰め寄ってくる。

「……そう言うと思うか？　いつも通り待てと」

「はぁ、何をそんな悠長なことを。早くしなければアレが復活するんだぞ」

「私に言われても困る。が、確かに早く行動しなければ。なぜいつも長達はすぐに行動しないのか」

私がそう零すと、部屋にいた仲間達が口々に騒ぎ出す。

「いつも安全な場所で、喋ってるだけだからだろう。外のことを知ろうともしない、馬鹿にするだけでな」

「それと、考えが古いからだろうな。まぁ、どの時代にも古い考えがなかなか抜けない奴らはいるが。それが当たり前と思っていて、しかもその考えのまま、人間達に過激な行動を取ろうとする奴らもいる。残念なことに」

「はぁ、だが今回は別だろうに。いくら嫌っているとはいえ、ここまできてしまったら、俺達だけでは止められない可能性もあるんだぞ」

私はそんな皆を止める。

「声が大きいぞ。一応私達は監視されているんだ」

しかしブリアードが肩をすくめる。

「大丈夫だって、これくらいなら。しかし今回のことは、アイツでさえ後手後手に回っているからな……かなり人間の子供を気にしていたし、奴らに攫われないように気をつけていたはずだが、邪魔されたか」

ブリアードの言う通り、ユイゴ様がそんなミスを犯すとは考えにくいが……ここからでは何も分からない。私は気を取り直し、口を開く。

「行くならば早くしなければ。ここからユイゴ様のおられる街まで、夜までに着かなくなってしまう。ユイゴ様の報告通りなら、ギリギリの時間のはずだ」

「確かに。しかも何事もなく最速で行けた場合だけどな」


それからしばらく待っていたが、長達の話し合いがまとまることはなかった。

おそらく、長とかなり近い側近達と、私達の父達との間で話が割れているんだろう。

長達側は、私達の種族だけで解決しようと言っているはずだ。それを父側が、それでは無理だと、手を借りるべきだと反論して、長引いているのだろう。

アレが復活してしまえば、人間だ獣人だ、下等な者達だなどと言っている場合ではなくなる。世界がなくなってしまう可能性があるのに。

まったく無能な者達め。私は早くユイゴ様の元へ向かいたいというのに。

しかし話が長引いている間にも、ユイゴ様に仕えている私達は準備を整えていた。どんな結果になろうとも、彼の元へ行くと決めていたからだ。

ただし、監視にはバレないようにしないといけない。

そう、長達は、ユイゴ様に関係している者達全てに監視をつけている。ユイゴ様の影響力を恐れているのだろう。

が、奴らは私達が監視に気付いていることに気付いていない。あの程度の監視で、本当に気付かれないと思っているのだろうか。またそんな者達を使い、監視ができていると思っている長達もどれだけ馬鹿なのか……

ともかく、今回の問題が解決した際には、ユイゴ様には我らの王になってもらわなければ。

いつまでも古い考えに囚われていて、自分達のいいようにしか世界を見ない、そんな今の長のような者達が我々の上に立つ国など、近いうちに滅びるに決まっている。

「――アーティスト、終わったぞ!!」

準備も終わり考え事をしていると、父が部屋へと入ってきた。

「まったく無駄な時間を。この時間にも事態は進んでいるというのに」

「父上、そのような大きな声で、聞かれたらまずいですよ」

「今更、どうせ私の考えていることなど奴らは分かっている。それに長どもの手の者も出るらしいからな、今頃準備でこちらどころではないだろう」

「我々だけが行くのではないのですか？」

まさか長が部隊を出すとは、珍《めずら》しいこともある。

こういった面倒事には、必ずユイゴ様や私の父の関係者の部隊しか出さないというのに。そして後から難癖《なんくせ》をつけてくるのだが。

するとと父はため息をついた。

「それだけまずいということに気付いたのだろう。いつも他人事《ひとごと》の奴らが慌てているのだからな。まぁ、自分達だけ助かればいいと思っているだけだろうが……それで準備は？」

「もちろんできています」

「よし、ではすぐに出るぞ。皆を集めろ。向こうの準備など待っていられるか！　出発を合わせたところで連中は我々にはついてこられん。それを待ってあれが復活したら目も当てられんからな。それと」

父が私に手紙を渡してきた。先程新たに報告の手紙が来たらしい。

私はその手紙に目を通す。そして少しびっくりしながらも、その手紙を父に返した。

「珍しいですね。ここまでユイゴ様が他人に興味を持つ……というか関わろうとするのは」

そう、そこに書かれていたのは、その人間の子供を助けたいという内容だった。

「ああ。よほど何かがあったたか、それとも何かを感じたか。どちらにしろ、お前達にはそちらのことで動いてもらうことになるだろう」

「分かりました」

「さぁ、出るぞ。今から最速で駆け抜ければ、夜になる前に着くことができるかもしれん。くそ、もう少し早く話を切り上げられればよかったのだが」

私は近くにいた者に皆を外門に集めるように言い、自分達も外門へ向かう。

なんとか間に合えばいいが。

◇◇◇

僕達が寝てからどのくらい経ったのか。

ふと目を覚ますと、また怪我治し黒ローブが、僕達を抱っこしてソファーに座っていました。僕、今度は逃げなかったよ。

起きた僕に気付いた怪我治し黒ローブは、僕をソファーに座らせて、ジュースと今度は果物を用意してくれました。

それで、食べ終わったらまたトイレに行くぞって。果物は内緒で持ってきたから、さっさと食べろって言われました。

だから急いでアイスを起こして、果物を食べ始めた僕達。

桃《もも》みたいな果物で、皮ごと食べられるし、種がないからゴミが全然出ないの。この世界に来て色々果物は食べたけど、初めて食べるやつでした。

「お前達は食べたことがないはずだ。これを食べられる者は限られているからな」

そうなんだ。珍しい果物ってことかな？　そんないいものを食べさせてくれてありがとう、悪いけど悪くない怪我治し黒ローブ。

そういえば、あのセイさんのぶんの食べ物は？　起きたら食べたいはずだよね。

本当は檻から出してあげたいけど、流石にそれはできないし。

怪我治し黒ローブも魔法陣のことはいいって言ったけど、それ以上何もしないってことは、出すのは流石にダメってことでしょう？

もし僕が出せたとしても、それが見つかって、セイさんが叩かれたり、怒鳴られたりしたら嫌だもん。まぁ、魔法陣は消しちゃったけど、それは怪我治し黒ローブが偽物の魔法陣で誤魔化してくれているからね。

檻の隙間から果物を入れるとかダメかな？　これ、とっても美味《おい》しいからさ。僕は果物を持った手で、檻の方を指しました。

「あいつにか？　そうだな」

傷治し黒ローブが立ち上がったところで、僕は細かく切った果物を二欠片《かけら》、クッキーの下に隠します。

そんなにじゅわじゅわ、果物の果汁が出ている果物じゃなかったから、クッキーの下に隠していても、クッキーは簡単にふやけないはず。

「まだ起きていないから、起きたら渡してやれ」

「ありがちょ！」

お礼を言って、それから残りの果物を食べた僕達。言われた通り果物を食べた後はトイレに行って、その後はまた部屋の中は僕達だけになりました。

今、何時かなぁ？　スノーラ、きっと僕達を探してくれているよね。

ここがどこか分からないけど、アイスが隙間から見た感じ、他にも家が見えたって言うから、どこかの村とか街とか。案外ルストルニアから移動してなかったりして。

遠くじゃないといいなぁ。そうしたらきっとスノーラが、すぐ僕達を見つけてくれるはずだもん。

なんて思っていたら、アイスがポツリ。

『ルリ、お怪我大丈夫だったかななの』

そうだ、あの黒い攻撃でルリ怪我しちゃったんだった。でもドロドロ沼に沈む前に、スノーラが来てくれたのは分かっているから、きっとささっと治してくれたよね。

「だいじょぶ、しゅのーいりゅ、しゅぐにゃおりゅ」

そんな話をしている最中でした。

檻の方からカタッて小さな音が聞こえて、バッ！　と檻の方を見たら、中でモゾモゾ、セイさんが動いていました。

それで伸びをしてから目を擦《こす》って、ふわぁぁぁって あくびをしながら起き上がります。

僕もアイスも何も言わないで、じっとセイさんを見つめたまま。

起き上がったセイさんは、周りをキョロキョロ、それからおもむろに立ち上がって、準備体操みたいに体を動かし始めて。それが終わったら、やっとこっちの方を見てきました。

目が合う僕達。

その瞬間ピタッ！　と僕達もセイさんも動きが止まります。

でもその後すぐにセイさんが、とっても寂しそうな顔になったんだ。僕は怖がらせちゃダメと思って、まずは挨拶《あいさつ》からすることにしました。

小さな声で元気よくね。

「こんちゃ！」

『こんにちは！　なの！』

「はじめまちて、ぼく、りぇん」

『アイスなの！』

僕達がそう言っても、黙ったままのセイさん。

やっぱり初めてで、しかもいきなり僕達がいたから警戒しているのかな？　またしんっとなる部屋の中。

「はじめまちて！」

もう一回挨拶してみます。そうしたら——

『君は初めてじゃないよ。そっちのアイス？　は初めましてだけど』

そう答えてくれたんだ。よかった。僕達の言葉、ちゃんと通じているし、怖がってもないみたい。

……ん？　あれ？　僕、なんで言葉が分かるんだろう？　念話みたいな感じで聞こえたよ。

というか僕は初めましてじゃない？

色々疑問が出てきました。

『どうしたの？　あわあわして』

そんな僕の様子を見て、セイさんは首を傾げます。

「はじめちぇじゃない？」

『うん。名前は今日初めて知ったけど、会ったのは初めてじゃないよ』

「ごめんしゃい、ぼくわからにゃい」

ごめんなさい、本当に分からないんだ。

スノーラ達と最初に住んでいた森で会った？　それとも街に来る間？　それか街や洞窟で冒険している時？

『あっ、そっか。もしかして忘れちゃってるのかな？　あいつが君の所に行ってたから、なんとか止めようと思って、君の意識の中に入ったんだよ。うんと……なんて言うのかな、夢の中に入ったみたいな』

夢の中に入った？

『お話ししたいけど、僕お腹すいちゃった。あの黒ローブ、来るかな？』

あっ！　僕は急いでテーブルの方へ。

よちよち、フラフラしながら、お皿に載ってるクッキーと果物を溢《こぼ》さないように、セイさんの方へ持って行きます。

「あにょね、くだもにょありゅ。くっきーも」

『怪我治し黒ローブが置いてったなの』

『これ、食べていいの？』

「うん！」

『じゃあこれ食べたら、またお話ね』

檻の隙間からクッキーと果物を渡します。それを凄い勢いで食べていくセイさん。

そういえばセイさんの名前も、正体も聞くのを忘れてたよ。食べ終わったらまずそれから聞かなくちゃ。名前があるなら、ちゃんと名前で呼んだ方がいいもんね。

『こうやって食べることができるの、あとどのくらいかなぁ。もう少しでアレも復活しちゃうし。それにあいつも、大丈夫かな？』

セイさんは食べながら、ボソボソと独り言を言っていたけど、何て言っているか聞こえませんでした。

## 第四章　闇の精霊ブローと脱出計画

『ふぅ、食べた食べた、お腹いっぱい。少しは元気が出たよ』

果物を食べて、クッキーをおかわりして、なんとか僕がコップを傾けてジュースを飲ませてあげて。セイさんはごろっとしながら、お腹をペシペシ叩いています。

と、忘れないうちに名前を聞かなくちゃ。

「あにょね、おにゃまえにゃに？」

『ああ、名前。そういえばまだだったよね。僕は闇の精霊のブローだよ。よろしくね』

おお！　ブローは妖精さんじゃなくて精霊さんでした。何が違うのか分からないけど。

僕、精霊さんに初めて会ったよ。本当に存在しているんだね。まぁ、この世界の生き物、ほとんどが初めてなんだけどね。

「にゃまえ、いい？　ぶりょーよぶにょ」

『うん、いいよ。じゃあ色々お話しようか。君がここへ連れてこられた理由も、僕は知ってるから。それに逃げる方法も一つだけあるんだ。それもちゃんと教えるからね』

え!?　本当に!!　わわ、そんなことまで知っているなんて。

あれ？　でもそれなら、ブローも自分で逃げられたんじゃ？　檻と魔法陣で無理だった？

それを聞く前に、ブローは話し始めました。

まずは、ここはどこかの街の中にある一軒家だって。

街を守っている壁の近くの家で、外から見ると普通の家だけど、でも黒ローブ達のアジトだって教えてくれたよ。

それで、ブローがここへ連れてこられたのは少し前のこと。

この街からかなり離れた森の洞窟に住んでいたブロー。お友達と一緒に暮らしていたんだけど、突然魔法陣に捕らわれちゃって。

動けないでいたら、あのコレイションっていう人と、ラジミールっていう人、それから黒ローブ達が来て、そいつらにこの街まで連れてこられたんだ。

動けなくなったってことは、きっとあの、ルリを捕まえようとしたり、他の魔獣さんを攫おうとしたりしてた魔法陣だね。

それで連れてこられた次の日には、また別の人達が現れたそうです。

冒険者らしいんだけど、コレイションはその冒険者達に、ブローのお友達を渡しちゃいました。

あっ、お友達は光の精霊さんで、さっきブローが『あいつ』って言ってた子ね。名前はフーリ。

それでね、そのフーリを渡してから、コレイションと冒険者達は揉め始めて、その冒険者達が手を引くとかなんとか、結局喧嘩《けんか》して別れたみたい。

でも冒険者がフーリを連れて行ったせいで、フーリには会っていないんだって。

その後一人になったブローは、檻に入れられたまま、この家に移動してきたそうです。

コレイションとラジミールは、力を手に入れるとか言ってたみたい。

この家からは少し離れた、変な鉱石と、見たことがない魔法陣二つがある場所に連れて行かれたブロー。

最初それが何か分からなかったんだけど、でもラジミールが小さい方の魔法陣を使ったら、すぐにそれが何か分かったって。

どうやらラジミールは闇の力を欲しがっていたみたい。

小さい魔法陣の上に檻ごと置かれたブロー。魔法陣が発動すると、ブローの闇の力がラジミールにどんどん吸収されていきました。

闇の力を使うには、闇の力を持ってる他の人から奪って使うこともできるんだって。

『僕は闇の力の源《みなもと》みたいなものだから』

ブローは闇の精霊さんだから、その力は他の人達と全然レベルが違います。だからラジミール達はわざわざブローを捕まえたそうです。

ブローの力を手に入れたラジミールは、次に鉱石の前に描かれた大きい方の魔法陣を発動。その魔法陣は、あるものを復活させるための魔法陣だったんだって。

「ふっかちゅ？」

『うん、ラジミールが魔法陣を発動させて、僕から奪った力を鉱石に流して分かったんだけど。闇の存在を復活させる魔法陣だったんだよ』

闇の存在。

もちろんブローも闇の存在だし、ブロー以外にも魔獣さんの中にも、闇を操る魔獣さんはいます。でもそれとは全然違う、闇の存在なんだって。全てを闇に取り込んで、闇で全てを支配する。悪の闇の存在。

それを感じた瞬間、ブローは一気に具合が悪くなりました。

ラジミールから力を奪われていたのもあるけど、闇の存在も自分が復活するために、ブローを取り込もうとしてきたそうです。

きっと闇の存在は、ブローから力を吸い取ったラジミールの力だけじゃ足りなかったから、ブローを取り込もうとしたんだよ。

でもそれでも復活には力が足りませんでした。どうもかなり長く、悪の存在は眠っていたみたいで、復活するには大量の力が必要になっているそうです。

だからブローは何日も、回復したら力を取られる、回復したら力を取られる。それの繰り返しでした。

そんな酷《ひど》いことするなんて、本当あいつら最悪だよ！

ただ、ブローがそれだけ苦しい思いをしても、悪の存在は復活しなかったんだ。

そんな時、コレイション達は別の力に目をつけていました。

――それがなんと僕。

それを聞いて、僕はビックリしちゃいました。

僕のステータスは大したことなかったよね。だってレベル一だし、体力とかも全然だったし。

そう言ったら、ブローが首を横に振ります。

『君の中に眠っている力が凄いんだよ。それに目をつけたんだろうね。闇の存在も、僕の力を吸い取ってだんだんと形を取り戻してきてて。そのせいで最近は毎晩、君の意識に入り込んで、少しでも力を奪おうとしてたんだ。それで、僕も闇の中をなんとか移動して、君の意識に入って、なるべく奴が近づかないようにしてたんだけど』

僕は覚えていなかったけど、さっき言ってた夢のことだね。

僕は何も気付かないで、この頃毎日ブローに助けてもらっていたみたいです。ブローは力を奪われて具合が悪かったのに。

『でも結局、君のこと守れなかったよ。ごめんね』

そんなことないよ！　ブローは具合が悪いのに、力を取られているのに。僕は檻ごと抱きしめてありがとうをしました。

「ありがちょ」

『いいんだよ。僕にできることをやろうと思っただけだから。それでね、これからなんだけど……』

これから、闇の存在復活の儀式は最終段階に入るらしいです。

そう、完全に悪の存在を復活させるために、ブローみたいに僕も力を奪われるみたい。それから闇の存在に取り込まれるって。

そっかぁ。苦しいのは嫌だなぁ。力を取られたら、アイスのこと守ってあげられないかもしれないし。

それに、取り込まれる？　そうなったらきっと、スノーラやルリ、ローレンスさん達にも、もう会えないよね。

それはいやだなぁ。

『大丈夫、心配しないで。確かにちょっと苦しい時間はあるけど、逃げる瞬間が少しだけあるんだよ。僕、今までのことから気付いたんだ。ただチャンスは一回、しかもそんなに時間がないから注意しないといけない』

「ちゃんしゅ？」

『そう、これからそれのお話をするから、しっかり聞いてね。それと他にも、それまでにできることがあるからね』

ブローは苦しい最中でも、僕達が来た時のために、色々考えてくれていたみたいです。ありがとう、本当にありがとう！

『ふふん、僕だって長く生きてきてないからね。流石に今回は大昔のことも関わってて、知らないことが多いけど。僕はこれでも五十歳だからね』

え？　五十歳？　ん？

◇◇◇

レン達が見つからない。気配さえ見つからないのだ。

我、スノーラは、レン達が消えてから森も街も、もう何回も探し回った。もちろん隅から隅までだ。

先日、捕らわれていた魔獣達を助けた時のように地下があるかもしれないと、それも調べた。そして何箇所か怪しい場所を見つけ、ローレンス達と共にそこへ向かったが、結局見つけることはできなかった。

ただ一箇所、魔獣達を攫っていた連中の、アジトと思われる場所は見つけることができたのだが、すでにもぬけの殻《から》だった。

となると、この街にはもういないと見るべきか……奴らは我らが見たことのない魔法陣や、魔法を使うからな。

そういったものを使って、我らが考えもしない遠くまで連れて行ったか、あるいは以前地下室を見つけられなかったように、完全に隠している可能性もあるか。

ローレンスには悪いが、本当だったらこの街を全て消してしまい、レン達を見つけたいくらいだ。

しかしそれでは今、気配の分からないレン達をも消してしまう可能性がある。

それに問題はレン達のことばかりではない。

例の、昔感じたのと同じ気配のことだ。もしかすると、奴が復活しようとしているのかもしれない。

我は昔、レンと同じ世界から来た男と行動を共にしていた。

名は井上正樹《いのうえまさき》。

その頃この国……いや、世界には、闇の魔法を得意とする者達がたくさんいた。

その者達は、国に繁栄《はんえい》をもたらしたり、あるいはただ生活に使用したり、そして犯罪に使ったりと、様々な使い方をしていた。

本当に大勢の者達が、闇の魔法を使っていたのだ。

しかしある日、それは突然現れた。

全ての闇を操る、まさに『闇』そのものと言えるものが現れたのだ。

そんな時だ、神と関わったのは。

神は様々なことを教えてきた。

我々の世界だけではなく、マサキが住んでいた世界、それ以外にも世界があるらしいのだが、その全ての世界になぜか闇が広がったこと。その闇が一つにまとまり、我々の世界に形として現れたこと。闇の存在が我らの世界に現れたのはたまたまだったこと。

本来なら神が、こういったものが現れる前に対処しているらしいのだが、この時は色々な状況が重なり、その対処が遅れた結果、あんな状況になってしまったことも教えられた。

しかもその時、神はそれを止めようとして失敗し、かなり弱くなってしまっていた。

今回レンがこの世界に来てしまったことも考えると、本当に神なのか、もっとしっかりしてほしいとも思う。

ともかく、神はマサキに、それを倒すように頼み、この世界に連れてきた。

そしてその討伐には、マサキだけではなく、我や、他にも大勢の人間、獣人、他の種族も関わることになった。

もちろん皆、この世界を守るためならばと、手を取り合い、なんとか闇を倒そうとした。

しかし最初は形を成していなかった闇が、時間が経つにつれ次々と形を変えていき、最後には人の姿を手に入れ、しっかりと意思を持つまでに進化してしまった。

しかもその闇の者を崇める者達も出てきて、戦いが佳境を迎える頃には、それは大変な数の闇の軍勢と戦うことになっていたのだ。

しかし最終的には、かなりの犠牲《ぎせい》を出しながらも、闇の者を封印することに成功した。

世界は守られ、皆が復興に力を入れ、時間はかかったが、元の生活を取り戻すことができた。

そして我はといえば、そのままマサキと行動を共にしていた。

マサキとの生活はとても楽しいものだった。

しかしそんな平和な楽しい日々も、そう長くは続かなかった。

闇の勢力との戦いから三年が経った頃、封印したはずの闇の者――かつては名前を持っていなかったが、我々によってディアブナスと呼ばれるようになったソイツが現れたのだ。

ディアブナスが復活したことで、ほとんど時間をかけずに、世界の半分が奴の闇に包まれてしまった。

それを止めたのが、やはりマサキだった。

ディアブナスは世界の半分ほどを闇に包みながらも、それでもまだ本来の力ではなかったらしい。

それに気付いたマサキは、ディアブナスが完全に復活する前に自分の命と引き換えに、再び封印したのだ。

もちろん、我はマサキを止めた。

その頃には我にとってマサキは、友というよりも家族になっていたのだ。

自分の命を、家族との時間を犠牲にしてまでディアブナスを封印するなど駄目だ、どうにかするからと。

もちろん他の仲間も止めたのだが、マサキの意志は変わらなかった。

その時のマサキを我は忘れない。

「スノーラ、お前と出会ってだいぶ経つが、俺もお前を家族のように思っている。俺には元の世界で家族がいなかったからな、余計にそう思ったのかもしれないが……旅を始めて三年。こんなに楽しい日を送れたこと、本当にお前には感謝している。本当ならもう少し、この楽しい時間を味わっていたいが、そうもいかない。俺は大切なものを守りたい。あいつらとお前には、幸せな未来を生きてほしい」

この時マサトには、二年前に番《つがい》になった者と、その間に生まれた子供がいて、子供はまだ一歳にもなっていなかった。

「子供の成長を見られないのは寂しいし、俺のように親がいなくて寂しい思いはさせたくないが……それでも大切な者達を俺は守る、それが今の俺にできることだ。スノーラ、俺がいなくなったら妻と子を、二人を頼む」

その時、我はもう何も言えなかった。マサキは決めたことは必ず実行し、やり遂げる人間だと分かっていたからだ。

だからマサキが最初に奴を、命をかけて封印すると言った時、本当は分かっていた。止められないと。

それでも止めずにはいられなかったのだ。しかし……

『分かった……』

「ありがとう。我が友、そして家族よ」

分かったと、それしか言うことができなかった。マサキは俺の肩を叩くと、今までにない笑顔を見せた。

その後、しっかりとディアブナスを見据え、奴に向かって行った。

こうしてマサキは自分の命と引き換えに、ディアブナスを封印することに成功した。我はマサキとの約束を守り、奴の番《つがい》と子が大きくなるまで見守り、その後あの森へと——元の住処《すみか》へと戻ったのだ。

——そんなマサキが命をかけて封印した奴が……ディアブナスが復活する？

昨晩から感じているこの嫌な気配は、ディアブナスにそっくりなのだ。

完璧に同じとは言えないが、本当に奴が復活しようとしているのなら、レン達を助け出しても、今度はそちらが問題になる。

そこまで考えたところで、我は首を横に振る。

まずはレン達だ。何としても見つけなければ。

◇　◇　◇

『——レン、聞いてる？　これから大事な話するからよく聞いてね』

ブローにそう言われてハッ!!　とする僕。

だって五十歳って聞いて、ビックリしちゃったんだもん。

ブローは僕の手にちょうど乗れるくらいの大きさだし、それからとっても可愛いし、あととっても若く見えて……若くっていうか小さな子供？　僕達とそんなに変わらない歳だと思っていたんだよ。

　でもそれを考えているうちに、ブローは話の続きをしていたみたいで、僕が何も言わないのに気付いて、それからボケっとしているのにも気付いて。檻から手を伸ばして、僕の手を叩いてきたんだ。

「うにょ!?　ごめんしゃい!!」

　ビックリして変な声が出ちゃったよ。

『本当、ちゃんとしっかり話聞いてよね』

　ぷんぷん怒るブロー。

　僕はもう一回ごめんなさいをした後、僕の隣でやっぱり固まって何かを考えていたアイスを見ます。そしたら今になってハッ！　と気がついたから、アイスのことを抱っこして、しっかりブローの話を聞く姿勢になります。

　きっとアイスも、ブローの歳にビックリしたんだろうね。ボソボソって、五十歳なの？　とか、小さいのに？　とか言っていたし。

『もう少しすると僕の力が回復するから、それについてお話しするよ。あっ、それとね、魔法陣を消してくれてありがとう。アレがあると、これからしようとしてることができなかったから、どうしようかなって思ってたんだ。消してもらえて助かったよ』

　今、たくさん力を取られちゃったブローは、ほとんど魔法を使えません。でももう少しすると魔力が回復するんだって。

あとはさっきご飯を食べたことも大事だし、僕が魔法陣を消したのも、ブローが魔力を回復するのにとっても大事なことだったみたい。

それで、ブローの話だけど……魔力が回復したら、すぐに魔法で、アイスだけ先に逃してくれるって言われたんだ。

僕もアイスもビックリです。

『僕ね、魔法陣を消してもらっても、檻を開けてもらって逃げたとしても、もうあいつと繋がっちゃってるから、結局は逃げることができないんだ。それからレンとアイス、両方を逃がすまでの力は……流石にそこまでは回復しないんだ。でもアイスだけだったら、なんとかここから外へ出してあげられるよ』

詳しく聞いたんだけど、ブローの力が戻ったら闇の魔法を使って、この部屋と外を闇で繋げて、その繋げた所からアイスを逃してくれるって。

こう、トンネルみたいなものを闇で作ることができて、そこを通ると外に出られるみたいです。

でも、僕が通れる大きさを作るには、力をいっぱい奪われちゃってて、無理みたい。

しかもそのトンネルを作るには、かなりの魔力が必要で、今のブローには、僕の腕が二本入るくらいが限界だって。

そう話しながら、とっても困った、申し訳なさそうな顔をしました。

そんな顔しないで。僕はアイスが逃げられるって聞いて、とっても嬉しいよ！

でもアイスを逃してくれるのは嬉しいけど、ブローはそんな魔法を使って大丈夫なの？　今まで具合が悪かったのに、また具合が悪くなっちゃわない？　それに限界って。

そのことを聞いたら、夜に近づくにつれて、魔力はどんどん回復するから大丈夫だって。

『まぁ、でも今日の夜には、完全に僕は取り込まれちゃうかもしれないけど……』

ん？　今なんて言ったの？　聞こえなかったよ。

『大丈夫って言っただけ。逃げることができるのはアイスだけだけど、ちゃんと逃してあげるからね」

僕はニッコリしながら、アイスの方を見ました。

でもアイスはブスッとした顔をした後、今度は悲しそうな顔になって、僕に抱きついてきたよ。

『ボク、レンと離れるのいやなの!!　ずっと一緒にいるなの!!』

僕はアイスの頭を撫でました。

アイス、せっかく逃げられるんだから逃げないと。コレイション達が話していたことやブローの話だと、コレイション達は僕を捕まえたかったってことでしょう？　アイスは僕に巻き込まれただけ。

ブローがせっかく回復した魔力で、助けてくれるって言ってくれたんだよ。だからアイスはここから逃げて。

そう一生懸命伝えます。

『ダメ！　一緒にいるなの！』

でもアイスは、今度は泣き始めちゃいました。

『言っておくけど、ただ逃げるだけじゃないよ。アイスにはやってもらいたいことがあるんだ。レンを助けるためにね』

ブローの言葉に、アイスが泣きながらブローを見ました。

僕も、え？　と思いながらブローを見ます。

『僕がレンの気配を感じて、しかも精神に入れたってことは、元々僕がレンの近くにいたからだと思うんだ。僕もここに連れてこられて、ちゃんと街を見たわけじゃないし、話も聞けてないから、ここがなんていう街かまでは分からないけど』

そっか、それならこの家も、僕が今住んでいる街、ルストルニアか、近くの街かもしれない。

『だからアイスがこの家から出られれば、スノーラが気配を見つけて、ここへ助けに来てくれるんじゃないかな。ここには魔法がかけられていて、外に僕達の気配が分からないようにしてあるみたいだけど』

ブロー、スノーラのこと知ってるの？

『うん、実はね。ここへ連れてこられている最中、スノーラの気配がしたからね。もしかしたら助けてもらえるかもって。でも今言ったように、でもこの家自体は僕達の気配を消すように魔法がかけられているから、スノーラは見つけられないと思うんだ。いくら君から魔力が溢れていてもね』

僕、ブローに詳しく教えていないのに、ブローは僕のことを色々知っていました。なんで分かるの？

『僕、人のこと調べるの好きなんだよ。今回は捕まってて動けなかったから、できる範囲で、色んな人の精神の中をちょっとふらふらしただけなんだけどね。だって情報は大事でしょ。まぁ、余計な情報も多かったけど。明日の夕飯は何食べようとか、次こそはあいつに想いを伝えるぞ、とかね』

それっていいのかな？ ダメな気もするするし。う～ん、でも今回はいいのか？

『で、なんでアイスを逃がすか分かった？ 君だけでも外に出られれば、この部屋にかけられているる変な魔法の影響を受けないから、スノーラが気配で見つけられるかもってこと。ただ逃がすだけじゃないの』

さっきまで僕にしがみついて、シクシク泣いていたアイス。

でもいつの間にか泣き止んでいて、ぽやっとした顔でブローの話を聞いていました。ブローが『分かった？』ってもう一度聞くと、ハッ！ としたアイス。今度は何かを考え始めます。

その間に、ブローが話し疲れてるみたいだったので、アイスをそっと下に降ろして、僕はジュースを取りに行きました。

さっきみたいに、檻の間から上手にジュースを飲むブロー。飲み終わってぷはぁってした後に、アイスに話しかけました。

『そろそろ考えはまとまった？』

そう聞かれて、僕をしっかり見た後にブローを見るアイス。僕もブローも、アイスが決めたってすぐに分かりました。

『そう、ちゃんと決められたんだね』

『うんなの！　ボク外出て、スノーラに見つけてもらうなの。もしすぐに見つけてもらえなかったら、ボクが絶対にスノーラの所まで行って、レンとブローを助けてもらうなの!!』

シャキッ！　と立ったアイス。僕はアイスの頭を撫でてあげます。

『よし！　決まったなら、今までも大事な話だったけど、これからはもっと大切な話をするからね』

これからはいつ、どうやってアイスが外に逃げるかの、細かいお話です。

まずブローが力を使えるようになるのは夕方頃。それで夜になるにつれて、どんどん力は回復します。これは、ここに連れてこられる前、洞窟にいた時も同じだったみたいです。

ただ、自然にいた時の方が、力の増える量は多かったって。それでも魔力が戻らないよりはいいからね。外は見えないけど、時間はそれで判断してたみたい。力が戻ってきたから今は夕方っていうふうに。

今日も夕方になったらすぐにアイスを逃がします。

いつもコレイション達が来るのは、夕方ちょっと過ぎ。魔力が戻り始めて少しすると来るんだって。その短い時間しかないから、夕方になったらすぐにアイスを逃がすんだ。

まずここの壁と、ブローが連れてこられた時に見た、家の裏の壁の所。そこが繋がるように、ブローがトンネルを作ったら、すぐにアイスはその中へ。一瞬で外に出られるから、心配しないでねだって。

外に出たらアイスは急いで周りを確認、それから家もしっかり確認。ここがルストルニアならすぐにスノーラが来てくれるはずだから、そうしたらスノーラに僕達は助けてもらって。

もしここがルストルニアでも、すぐにスノーラが来てくれなかったら、アイスに頑張ってスノーラを呼びに行ってもらいます。その時のために、外へ出たらしっかりこの家を覚えてもらうの。

ただ、もし僕達が知らない街だったら？

その時はなるべく街の外へ行けってブローが言いました。

絶対僕達を探してくれているスノーラ。ルストルニアで僕達を見つけられなかったら、絶対街の外も探してくれているはず。

だから少しでも動いて、気配が分かるようにした方がいいって。

それから、珍しいモモッコルのアイスが、街の中を移動するのはとっても危険。だけど、それについては、ブローに考えがあるみたい。

今はできないけど、逃げる直前にそれをやってくれるって。

『闇をね、まとわせるんだよ。後で見れば分かるから』

闇をまとわせる？　どういうことかな？

『いい？　アイスがすること分かった？　奴らは今日、レンや僕の力を完全に奪うつもりなんだ。だからそんなに時間はないからしっかりね』

『うんなの!!』

「あいしゅ、がんばりぇ！　でも、だいじょぶ」

もしアイスが間に合わなくても、スノーラが来なくても、僕は大丈夫だから。外に出たアイスは絶対に無理するはず。それでもし間に合わなかったら？　アイスの心が大変なことになっちゃうと思うんだ。

だから先に言っておかなくちゃ。

僕は大丈夫だよ。アイスのことちゃんと分かっているから。僕達のために頑張ってくれている姿、僕は分かるから。だから大丈夫だからね。

『僕、絶対にスノーラ呼ぶなの！　僕も大丈夫なの!!』

アイスが僕に抱きついてきて、僕もしっかりアイスを抱きしめます。

話が終わった僕達は、みんなで少しだけ休憩。

起きたらまた傷治し黒ローブがいて、一緒におトイレにいきます。

それから戻ってきた僕達は、お菓子を食べて、ジュースを飲んで。

その間アイスはずっと、僕のお膝の上にいました。

これからのこと、納得はしているけど、僕もアイスもやっぱりドキドキだし、やっぱり心では一緒にいたいなって思ってるから。

でも大切なことだもんね。それに、もし作戦が失敗しても、僕はダメでも、アイスはここから出られるんだ。

ただそうすると、ブローも逃げられないってことになっちゃう。ブローもなんとか逃げられるといいんだけどね。

何かに繋がっているって言っていたけど、それ、外せないのかな？　そうすれば、アイスが通れるくらいのトンネルができるなら、逃げられると思うんだけど。

そんなことを考えながら、どんどん時間が過ぎていきます。

そしてついに……

◇◇◇

「くそ、まだ来ないのか？　どうせまた奴らがゴネていて、話し合いが伸びたのだろうが……もう時間がないんだぞ」

俺は子供をトイレに連れてから一度部屋に戻った後、外へ出る。そして辺りを調べたがやはり何も感じず、仲間が来た気配はどこにもない。

早くしなければ。儀式が始まり、時間が過ぎれば過ぎるほど、止めるのが難しくなるんだぞ。それに闇の精霊と子供を助けることができなくなってしまう。

なぜだか分からないが、俺はあの子供を助けたいんだ。

理由を聞かれても答えられない。ただ守りたいと、あの子供のことを知った瞬間にそう思った。

ただこれを長達に話すわけにもいかず、手紙をもう一通仲間に託したが、きちんと届いただろうか？

向こうの空がオレンジ色に染まり出した。時間はもうほとんど残っていない。頼むから間に合ってくれ。

◇　◇　◇

『――それじゃあ、そろそろ始めようと思うけど、準備はいい？』

ついにアイスが外へ逃げる時間が来て、ブローがそう言いました。

僕はアイスをギュッと抱きしめます。アイスもしっかり僕に抱きついてきました。

僕は頑張って、アイスにたくさん伝えます。

大丈夫。絶対また会えるから。それよりもアイスが気をつけてね、また変な人に捕まらないようにね。もし危ないと思ったら、僕のことはいいからね、急いで逃げるんだよ。

ここがもしルストルニアじゃなかったら街から出て、近くの森に逃げて。それでもしその後もスノーラ達に会えなかったら、森で暮らすことを考えてね。森で幸せに暮らして。

本当はもっと話したいことがあるし、やっぱり離れたくないけど、もう時間。

そっとアイスを離しました。

アイスはさっきまで、『頑張るなの！』って、凄い勢いだったけど、今は泣きそうになっていて……でも僕を見た後に、目に溜《た》まった涙を拭《ふ》いて、しっかりしたアイスに戻りました。

『じゃあ、まずはこれから』

ブローが両手を前に出すと、黒いモヤモヤがアイスの方へ。そしてそのモヤモヤがアイスの体全体を包みました。

「くりょい、あいしゅ！」

モヤモヤのおかげで、薄ピンク色のアイスが、薄い黒色アイスになりました。

『これでその辺のモモッコルと同じだから目立たないでしょう？　しかも黒いから、暗い場所で目立たなくなるし。そのモヤモヤはそのうち消えるから安心してね』

アイスは自分の体を見下ろして、目をぱちくりしています。

うんうん。よかったぁ、これなら目立たないね。

『よし！　それじゃあ、今から闇のトンネルを作るからね。あの壁の所に作るよ。トンネルができたらアイスはすぐに中へ、じゃないとトンネルがどれだけもつか分からないから』

僕は壁から離れて、アイスの小さな手をしっかり握ります。

そしてブローが何か囁《ささや》いた後、すぐでした。

壁の地面すれすれに、黒い丸が現れたんだ。黒い丸の周りはシュシュシュって、黒い風みたいなものが出ています。

『うんうん、しっかり外へ出るトンネルができたよ。さぁ、アイス』

最後にギュッと手を繋いだ後、アイスが壁に向かいます。

そして足でチョイチョイ、トンネルを確認して、それから一歩踏み出しました。

『レン、ボク頑張るなの！　絶対にスノーラ呼ぶなの。だから待っててなの！』

そう言ってトンネルの中へ消えていきました。

消えてすぐにブローが、アイスはしっかり外へ出ることができたって教えてくれたよ。よかった。ここまではなんとかうまく行ったね。あとはアイスがスノーラを連れてきてくればいいけど……もしダメだったらそれはそれで仕方ないし、アイスが無事なら僕はそれでいいよ。

『さぁ、とりあえずアイスが無事に外に出られたから、これからはこの後の話をするね……あのね、実はもしスノーラが来なくても、僕はダメだけど、レンは逃げることができるかもしれないの』

「ほんちょ？」

『うん。でもこれは確実じゃないから、アイスがいる時には話したくなかったんだ。この話を聞いたら、アイスは一人で外へ逃げたくないって、余計に拒むと思ったから』

僕とブローはもう少ししたら、たぶん別の場所に移動するって。今まで毎日そうだったから。

ブローから力を奪う場所は、ここじゃない別の所にあるみたい。

今までに何回か力を奪われたブローだけど、今回は僕がいるから、力を奪われるのは今回が最後だろうって。僕達から全部の力を奪ったら、悪が完全に復活する。もうそれくらいまで、悪は復活に近づいてたみたい。

『力を奪われている時は、力が抜ける感じでそこまで苦しくないから安心してね。でもね……』

その力を奪うために、僕達は魔法陣に乗せられます。それでその魔法陣が発動すると、ちょっと苦しいかもって。息苦しいような、体がピリピリするような、ズキズキするような。

でも力が奪われ始めると、それが弱まるから安心してって。う〜ん、苦しいのはやっぱり嫌だな。

『でも苦しくなったら、それが逃げる最後のチャンスなんだ。まずラジミールなんだけど……』

ラジミールっていう男、コレイションと一緒にいた奴ね。このラジミールが魔法陣を張っている悪い人でした。

張っているっていうか、自分も張ったり、それを人に教えて、教えられた人達が張ったり。ルリ達を捕まえた魔法陣も全部、元々はラジミールが作ったものみたい。

それから、みんなに気付かれないように部屋に魔法をかけたのも、全部このラジミールの仕業《しわざ》だったんだ。

実はラジミールは、悪の復活のために、自分を差し出そうとしていました。自分の中に悪を入れようとしているんだって。

でもそうすると、ラジミールの心とか精神が完全に消えちゃいます。

体だけはラジミール、でもその中身は悪。元々体がないらしい悪は、ラジミールの体を使って、僕達の力を奪って完全に復活を果たすんだって。

でもそれまでに色々あるの。悪は僕達から力を奪い始めると、それを全て取り込もうとして集中しちゃって、僕達から注意がそれるみたい。それから力を奪っている間は、かなり無防備になるらしいです。

そしてそれはラジミールも一緒。ラジミールの体に悪が入ろうとしているんだから、ラジミールだって平気なはずないんだよ。そうするとラジミールの魔法陣の力が、その儀式の間だけ弱まるんだ。

その時が最後のチャンス。

夜になって力が戻ったブローは、全部の力を奪われる前に、僕が逃げられるだけの闇のトンネルをその場に作ります。僕は力を取られてちょっとふらふらかもしれないけど、頑張ってそのトンネルの中へ。

『なるべく儀式をやっている場所から、離れた場所にトンネルを繋げるから、そこからまた遠くに逃げて』

「いっちょ、いかにゃい？」

だって、僕が通れるならブローだって。

『言ったでしょう。僕は悪と繋がっちゃってるから逃げられないんだ。僕からいつでも魔力を取るために、悪から逃げられないように、魔法で繋がれちゃってるんだよ。どうしてもその繋がりが切れなくて。だから逃げることはできないんだ』

それにね、って続けるブロー。

僕の場合は取り込まれれば、そのまま存在が消えるかも、らしいんだけど。

ブローの場合は、殺さずに悪の中で存在を残しておいて、闇の力を何度でも奪えるようにする計画になってるみたい。その繋がりってやつも、そのために必要なんだって。

何それ。まったく悪って最悪な奴だね。なんでコレイションはそんな奴、復活させようとしているのさ!!

『だから僕はどこに逃げても、あいつからは逃げられない。逃げられるのはレンだけなんだ。でもね、今の話も本当にできるかどうか、僕もちゃんとは分からないの。チャンスっていうだけで、成功しないかもしれなくて……だからアイスの前で話せなかったんだよ』

そっか。できるかどうかは分からないんだね。

でももしそれができて、僕が逃げることができたら。それからその時にアイスがスノーラを呼べていなかったら。

僕がなんとかしてスノーラを呼んで、どうにかブローを助けに来るよ。繋がりも切れないかやってみてさ。

その後僕達は、時間ギリギリまで話し合いをしていました。

◇　◇　◇

ボク、アイスが目を開けたら、道に出てたなの。

すぐにお約束通り周りを確認、それから今出てきた壁の方を向いてお家も確認なの。

だってもしスノーラが来てくれなかったら、僕が後で案内するかもなの。だからちゃんとお家を覚えておかないとなの。

お家は二階建てで、茶色と黒。でも周りを見たら似ているお家が多いから、もっと細かく覚えないとダメなの。

えと、えと、お屋根には茶色と黒のシマシマの小さな煙突《えんとつ》があって、それから玄関には見たことない魔獣さんの、小さな飾りがついているなの。

ボクは他のお家の玄関も確認したなの。そうしたら他のお家にはついていなかったから、あの魔獣さんの飾りは目印になるなの！　怒っている顔で、牙《きば》があって、ツノもあるなの。お家を覚えたら、今度は周りをもっと確認なの。近い所ばっかりじゃなくて、ちょっと離れた所も確認して……うん、これで大丈夫なの。ちゃんと覚えた、スノーラ案内できるなの！

よし、今度は街の壁の方に移動するなの！

ボクは移動しながらお空を見たなの。ブローは夕方って言っていたけど、いつもの夕方とちょっと違ってたなの。

いつもは綺麗なオレンジ色だけど、でも今日はほとんど真っ暗。オレンジ色が所々しか見えなくて、何か気持ち悪い、僕とレンを捕まえたあのドロドロに似ている感じがしたなの。

ボクはお空を見ながら、どんどん外の壁の方に走ったなの。それから大きな道があればそっちの方へ行こうって思ったなの。

みんなと暮らし始めて、お菓子を買いに行ったり、僕のおもちゃを買いに行ったり、それから色々教えてもらったなの。だから大きな道から街を見れば、ここがルストルニアか分かると思ったなの。

ボクはどこにも隠れないで、どんどん道を進んでいくなの。

本当は街の人間に、あんまり見られないように、隠れて街を確認しようと思ったけど……でもみんなあの変なお空を見ていたから、ボクが下をふらふらしていても、気付かれなかったなの。

それに、ブローが体を黒くしてくれたから、目立たずどんどん進めるなの。

ボクは一応注意しながらそのまま進んで、思ったよりもささっと、外の壁の所に着いたなの。

外の壁に着いたら、今度は大きな道を探すなの。どんどん右に進んでいって、少ししたら騎士さんがいっぱい立っている場所に着いたなの。

足元をシュシュッ！　て走って、いっぱいの騎士さん達の足元を抜けたら、大きな門が見えたなの。あれはたぶん街の入り口の大きな門、だから騎士さん多かったなの。

ボク、この門見たことがある気がするなの。レンとルリとスノーラと、街で遊んでいる時に。もしルストルニアなら、門から少し行くと人がいっぱいで、お店がいっぱいの大きな道があるはず。それから最初のお店は武器屋さんだったなの。

ボクはすぐに門の前まで移動して、今度は門からまっすぐに、人が多いから踏まれないように気をつけて進んだなの。

『あったなの！　やっぱりここはルストルニアなの！』

ボク、ちょっと大きな声で叫んじゃったけど、周りがうるさいから、誰も鳴き声にも気付いてないみたいなの。

それに、ボクの言葉が分かるのはレンとルリとスノーラ、あとはレンの近くにいる人間だけ。レンの契約魔法が強いから、近くにいる人には分かるのかもって、スノーラ言ってたなの。

ここはあんまり人や獣人、馬車や荷馬車が多いから、どこか走りやすい場所がないか探して……そうしたら近くに、変なトンネルみたいなものがあったなの。

ボクは近くに行って、そのトンネルみたいなものを確認したなの。水がちょっと流れている、臭《くさ》いトンネルだったなの。でもここを通った方がみんなに邪魔されないし、早く走れるなの。

だからボクはトンネルの中に入って進み始めたなの。

『く、くちゃい！　それにドロドロするなの。でも頑張るなの！　レンのために頑張るなの！』

途中で止まっちゃいそうになったけど、ボク頑張って走ったなの。でも……

僕が捕まっていたお家から外に出て、いっぱい時間が過ぎたなの。だけどスノーラが僕の所に来てくれないなの。

お家の外に出たら、あの捕まってたお家に使われていた変な魔法――みんなの気配を分からなくするやつ、その魔法は効かないはずなの。それにルストルニアにいるのに、スノーラは来てくれないなの。

やっぱりボクが、スノーラを迎えに行かないとなの！　早くスノーラに来てもらわないと、夜になったらレン達の力を奪われちゃうなの。

それにお空が変だから、いつ夜になるか分からないし、早くスノーラを呼びに行かなくちゃなの。

ボクが一生懸命走っても、お家の門までとっても時間がかかって、お家の門についても、そこからお家までがまた時間がかかるなの。

門に着いたら、門の前にいる騎士さんは、ボクが帰ってきたって、スノーラに伝えてくれるかな？　でも門の騎士さんはボクに気がついてくれるかな？　色が違うから分からないかも、そうしたらやっぱりボクは走らないといけないなの。

頑張っていっぱい走らなきゃなの。

——あっ！

『う、いちゃ……くしゃ……』

べちゃあぁぁぁ‼　って転んじゃったなの。体中ドロドロがついて臭いし痛いし、少しだけ涙が出ちゃったなの。

でも泣いていちゃダメなの。ボクがレンを助けるなの。絶対にスノーラを呼んでくるなの！

『……アイス、頑張れなの。泣いちゃダメなの。レン、待っててなの‼』

ボクは立ち上がって、また走り出したなの。レン、僕の大切な家族、絶対助けるなの‼

◇◇◇

「……やはり間に合わなかったか。場所は知らせてあるから、遅れても俺の所へは来るだろうが」

俺はコレイションの部下達が集まっている部屋で、誰にも聞こえないように呟《つぶや》く。

もし子供と、子供といつも一緒にいる契約魔獣、そして闇の精霊を助けるならば、チャンスはあの儀式の時しかない。

今動いてもいいが、それだと子供と契約魔獣しか救えない。闇の精霊は奴と繋がってしまっているからな。

そうなれば子供を救い逃がしたところで、また同じことが繰り返され、結局は奴の復活に繋がってしまう。

それならば、全員を一度に助けられるであろうタイミングに全てをかけるしかない。

そして完全には復活していない奴を、おそらくもうすぐ来てくれるはずの仲間と共に、我々が封印し直せば――

「おい！　子供と精霊を連れてこいとコレイション様が」

「……分かった」

時間か。俺は子供達がいる部屋へと向かう。

最後の方は、私に抱かれても逃げなくなったあの子供。

目を覚ました精霊と、何か色々話していたようだが……これから起こることは、あの子供にとって、とても苦しく、辛いものだろう。

だが上手くいけば、助けることができるはずだ。それまではなんとか頑張ってもらいたい。

俺は部屋から出る前に、窓から外を見た。

先程まで少しは夕方のオレンジ色の空がチラチラと見えていたが、奴の力でそれはまったく見えなくなっている。

今は夜と闇が重なり、星も見えず、ドロドロした黒や紫、青などの色が空の全てを覆っていた。

それはとても禍々しいもので。街の中はかなりの騒ぎになっている。

ただおかしなことに、月だけは見えている。しかもこれもおかしい月で、いつもは二つ見えている月が、今日は一つしか見えないのだ。

これは何十年に一度、見られるか見られないかの現象で、二つの月が重なって一つに見えるというものだ。前回はいつだったか？

奴を完全に復活させるために、わざわざ今日、この日を選ぶ必要があったのか、それともたまたまか……そういえば、前回奴が一度復活した時も、同じ現象が起きていたと話を聞いていたか。

前回のことは俺が生まれる少し前だったので、父に話を聞いただけなのだが。

今回は、色々なことが重なりすぎている。

なぜか奴を復活させる方法を知っている者が現れた。奴を崇拝し、復活させるだけの力を持っている魔導師が加わった。力の源として闇の精霊を手に入れた。そしてたまたまこの街へ最近やってきた子供が、かなりの力を秘めていて、それが奴らの目に留まった。

どうして今、全てが集まってしまったのか……一つでも欠けていれば、奴の復活はなかっただろうに。

文句を言ってもしょうがないが、そう考えずにはいられなかった。

ともかく、今、俺にできることは、少しでもあの子供の不安を取り除き、チャンスが訪れたら、皆を救うこと。

そうすれば必然的に俺達の国を、この世界を救うことができるのだから。

私は子供達のいる部屋へ行こうと歩き始めようとしたところで、私は一度目を離した窓の方をもう一度見る。

ん？　これは……一瞬前まではなかった小さな傷か？

いや傷ではない、これは……そうか、間に合ったか。

奴の力のせいで、近づいた仲間の気配に気付けなかったようだ。だが――

話す時間が、隙があるだろうか？

俺が何をしようと、俺のことを理解し、その場ですぐに行動を起こせる者達だ。とはいえ完全な意思疎通ができるわけではない。

俺がコレイションから命じられているのは、子供と精霊を連れてこいということだけ。向こうへ行った後、少しでも話す時間が、数分でもあればいい。

そうすればこれからの行動の成功率が上がる。なんとか隙を……

◇　◇　◇

ガチャン、と音を立ててドアが開いて、怪我治し黒ローブが入ってきました。

それで部屋の中を見渡して、ちょっと顔をしかめました。多分、というか絶対、アイスがいないことに気がついたよね。

「逃げたのか、逃がしたのか。とりあえずはよかった……のか？」

そう呟いた怪我治し黒ローブは、ブローの入っている檻を持ち上げてテーブルに置いた後、僕の方へ来て、僕を抱き上げてソファーに座りました。

そして静かに話し始めます。

「いいか、これから行くところはとても暗く、そしてお前にとっては怖い所だ。だが私は近くにいるから安心しろ。それと、途中で少しだが苦しくなるかもしれない。それでも我慢《がまん》して待っていれば、俺がどうにかしてやる。絶対に無茶をするんじゃないぞ。無茶をすればお前のい……いや、お前の体力が早くなくなってしまうからな」

だいたい、ブローが話してくれたのと同じことを言いました。

というか今、命って言おうとしたよね。うん、力を奪うってブローに聞いてから、そうなのかなって思っていたけどさ。

僕、やっぱりそれは怖いなぁって。

「大丈夫、チャンスは逃《のが》さない」

何かブローと同じようなこと言うね。

檻の中のブローも変な顔をして怪我治し黒ローブを見ています。確かに僕達に食べ物や飲み物をくれて、トイレにもしっかり連れて行ってくれて。優しいのに悪い人の仲間……相変わらず変な人だね。

「おい！　まだか！」

部屋の外から怒鳴る声が聞こえて、僕を抱っこしたまま立ち上がる怪我治し黒ローブ。それから部屋の端っこ、隅の所に小さな穴を開けました。

「今行く！　……いいか、あの一緒にいた契約魔獣はどうやって逃げたか知らないが、俺が逃げる奴を捕まえようとして穴が開き、そこから奴は逃げた。そういうことにしておく」

早口でそう言うと、ブローの檻を持ったところで、別の黒ローブが入ってきて、アイスはどうしたって聞いてきました。怪我治し黒ローブは僕達に言った通り、アイスは穴から逃げたって。

「ふん、あの魔獣一匹逃げた所で変わらんか。そもそもあれは関係なかったからな。それにしても、せっかく隠蔽《いんぺい》の魔法がかけてあっても、家がボロくて穴が開くんじゃ仕方ないな。まぁ、今回のことが終われば、もうここに用はなくなるからいいか」

そう言って、怪我治し黒ローブから檻を受け取って、先に歩き始めました。僕達はその後を付いていきます。

アイス、スノーラに会えたかな？　もしかして知らない街で、逃げたけど怖くなってどこかで小さくうずくまって、一匹で泣いてないかな？

アイスが無事なのが、僕は一番嬉しいからね。無理はしちゃダメだよ。もし僕が戻れなくても、ルリとスノーラに会えたら、僕のこと、時々は思い出してね。

あっ、でも僕まだ諦めてないよ。ブローも諦めてないし。なんとか頑張ってみんなの所に帰るからね!!

# 第五章　儀式の始まり

部屋を出て僕達が向かったのは、あの本棚の扉がある部屋でした。

この家に連れてこられた時、最初に来た部屋ね。

そこには何人かの黒ローブがいました。部屋のドアの所、隅っこ、それから本棚の所、それぞれに立っていたよ。

怪我治し黒ローブが本棚の前に立って、とある本に手を伸ばして半分くらい引き出した時でした。ガコンッて音がどこからか聞こえて、その後は本棚の端四箇所からもガコンッてなりました。

その音が止まったら、横にいた黒ローブが本棚を横に動かし始めます。動かした本が、この本棚を動かすための鍵《かぎ》みたいなものだったみたい。

そして完全に本棚が開いたら、本棚を動かした黒ローブが先頭を、その後をブローの入っている檻を持っている黒ローブ。次は僕と怪我治し黒ローブで、僕達の後ろを残りの黒ローブ達がゾロゾロ歩いてきました。最後の一人は、本棚の扉をしっかり閉めていたよ。

どんどん土と石のトンネルを歩いていく僕達。この前は横道にはそれなかったけど、今日はさらに細いトンネルに入って、ちょっと歩きにくそうにしながら進んでいきます。後ろの黒ローブ、天井に頭をぶつけていました。

どのくらい歩いたのか、急にちょっと開けた場所に出ました。

そこにはラジミールって言われていた人がいて、それから空間の真ん中にはまた魔法陣がありました。

「来たか、それの上に乗れ」

ラジミールにそう言われて、先頭にいた黒ローブが魔法陣に乗ると、魔法陣が光って——黒ローブはシュッ！　と消えました。

次にブローを持った黒ローブが乗ったら、すぐにブロー達も消えちゃったよ。

そして僕達の番。怪我治し黒ローブは僕を抱き直した後、静かに魔法陣の上に乗りました。

ここへ来た時のドロドロ沼みたいじゃないから、そこまで怖くはないかな。でもやっぱり、これからどこに行くのか分からないのは不安で、僕はギュッと目を瞑ります。

次の瞬間、本当に一瞬だけ、体がとっても軽くなったような気がして……

「もう目を開けても大丈夫だ」

怪我治し黒ローブにそう言われて、僕はそっと目を開きます。

そこは大きな木に囲まれている場所で、どこかの森みたいでした。

足元を見たら魔法陣の上に乗っていて、怪我治し黒ローブがそこからどくと、光っていた魔法陣の光が消えたよ。

横を向いたら、ブローの入っている檻を持っていた黒ローブが待っていて、僕達が来たのを確認すると、森の中を歩き始めました。

歩いている最中に魔法陣を見ていたんだけど、やっぱり光ると黒ローブ達が出てきて、そこから動くと光が消えるっていうのを繰り返してました。

それからまた少しの間、森の中を歩いた僕達。

星も見えない真っ暗な空は、いつもと違って月が二つじゃなくて一個しか見えなくて、いつもよりも黒く見えます。それから紫？　濃い青？　にも見えて不思議な感じ。

森の中も、とっても暗いんだ。

前にスノーラ達といた森は、夜でも星の光や、魔獣さん達が出す光、それから花や草の中には光る種類のものもあって、思ったよりも明るかったんだけど。

今いる森は、一切光がありません。黒ローブ達の持っている、あんまり明るくないランタンの光だけだったせいで、時々黒ローブ達は躓《つまず》いていたよ。もう少し明るくすればいいのに。

「大丈夫か？」

途中で怪我治し黒ローブが、他の人に聞こえないくらいの小さい声で、僕に聞いてきました。僕はちょっとだけ頷いて、ブローの方を見ます。

ブローは檻の中を行ったり来たり、僕が今まで見た中で一番動いていたかも。やっぱり言ってた通り、夜の方が元気なんだね。

ブローの羽がキラキラ光っていて、とっても綺麗でした。

どのくらい進んだのか。僕達の前に、ちょっとだけ明るい場所が見えてきて、どうやらそこが目的地みたいです。

到着したそこは、そこそこ広い場所でした。

コレイションが他の黒ローブと何かを話していて、真ん中には大きな魔法陣がありました。

魔法陣のすぐ向こう側には祭壇みたいなものがあって、真ん中に大きな鉱石が置いてあったよ。うん、ブローに聞いていた通り。

それ以外にも、色々なものがありました。

魔法陣の周りにはいくつかの小さな魔法陣が、大きな魔法陣を囲むように描いてあるの。後は鉱石も五箇所、大きな魔法陣の周りに置いてあったよ。

魔法陣と鉱石の数、聞いてたよりも増えてるみたい。

それから広場を明るくしようとしているのか、彫刻《ちょうこく》とか飾りがついている長い台座みたいなものの上の燭台《しょくだい》に、火が灯してありました。その台が何個かあります。

でも普通の火じゃないんだ。普通は赤とかオレンジとか黄色とか、そんな色でしょう？　でもこの火は薄い黒色で、真ん中が少し青色。だから少しは周りが明るくなっているんだけど、たいしてって感じ。

「連れてきたな。まずはこちらの準備からだ。その精霊と子供は邪魔にならない所へ置いておけ」

コレイションがそう言うと、さっさと中央の魔法陣の方へ行きます。

僕とブローはその辺に生えている木の所へ連れて行かれて、怪我治し黒ローブじゃなくて、他の黒ローブに見張られることに。怪我治し黒ローブはどこかに消えちゃったよ。

僕、黒ローブ達嫌い。怪我治し黒ローブもいなくなっちゃったし、ちょっと不安だったのが、もっと不安になっちゃって、少しだけ涙が出ちゃいました。

そんな僕に、ブローが声をかけてくれます。

『レン、大丈夫だからね。これから何があっても、僕が話したことを忘れないでね』

「……うん」

『そうだ！　待ってる間、僕が歌を歌ってあげるよ、僕、上手なんだよ。あんまりうるさくすると怒られちゃうから、静かな声で歌うからね。よく聞いててね』

そう言うとブローが、とっても小さな声で歌い始めました。檻に近づいてやっと聞こえるくらいの声。黒ローブ達には聞こえていません。

『ラララララ～♪』

僕の知らない歌。だけどブローの歌声はとっても綺麗で、不安だった気持ちがどんどん落ち着いていきました。そして……

『どう？　僕の歌、よかったでしょう？』

「うん！　ちょってても、じょじゅ！」

『本当はもっとちゃんと聞かせてあげたかったけど。でも、そろそろ時間みたいだ』

そう言われて魔法陣の方を見る僕。さっきまであちこち歩き回っていた黒ローブ達のうち、何人かが祭壇の横に並んでいます。

それから、いつの間にかこっちに来ていたラジミール祭壇の前に立っていました。魔法陣の周りにあるいくつかの小さな魔法陣の上にも、それぞれ一人ずつ、黒ローブ達が立っています。

いかにも今から何か始まりそうな雰囲気で、ちょっと怖いです。

『いい？　僕できる限りのことはするからね。レンも諦めないで、暗闇から出ることだけ考えて』

「うん！　ぼく、ぶりょ、しんじりゅ!!」

そんなことを話していると、僕達を見張っていた黒ローブ達が、いつの間にか戻ってきていた怪我治し黒ローブと交代しました。

どこへ行っていたの？　僕ちょっと不安だったんだよ、ブローの歌で元気が出たけど。

僕が不満そうにしているのに気付いたみたいで、怪我直し黒ローブがしゃがみます。

「大丈夫。どうにか間に合った」

そう言って、今まで絶対に笑わなかった怪我治し黒ローブが一瞬だけ笑ったんだ。

僕もブローもビックリだよ。とっても優しい笑顔だったの。

悪い人がこんなに優しい顔するかな？　やっぱり僕達のお世話してくれたし、本当は優しい人だったりして。でもならどうして、悪い人達の仲間なんだろう？

「よし、そろそろいいだろう。闇の精霊と子供を連れてこい！」

そんなコレイションの声が聞こえてきました。

僕とブローは怪我治し黒ローブに連れられて、大きな魔法陣の上に。

「動くなよ。静かにしているんだ」

そう言い残して、怪我治し黒ローブは魔法陣の外へ出て行きます。今度は一瞬だけ、とっても心配そうな顔をして。

ブローも、『そうそう、絶対に動かないでね』って。僕はブローの入っている檻をギュッと抱きしめました。

それで、僕達はコレイション達や祭壇の方を向いて座らされました。

最初に動いたのはコレイション。そしてそれを見た僕はビックリ。

コレイションが祭壇に置いてあった短剣を手に取って、自分の腕を切ったんだよ。

けっこう深く切ったのかな？　血がぼたぼた流れ始めました。

でも、コレイションの表情は変わりません。あれだけ切っていて痛くないの？

そう思っていたら、そのぼたぼたの血を、祭壇の大きな鉱石に垂らしたんだ。

それからさっと腕を布で縛って、短剣をラジミールに渡します。

受け取ったラジミールもコレイションを同じことをして、自分の血を鉱石に垂らしました。

それからすぐに、鉱石が黒く光り始めて、しかもコレイション達が流した血が、いつのまにか魔法陣の方にまで流れてきていました。

あれ、確かに二人はたくさん血を流していたけど、魔法陣の方に来るまでの血を流してたかな？なんて思っていると、魔法陣が光り始めました。大きな魔法陣だけじゃなくて、周りの小さな魔法陣もね。

訳が分からなくて、キョロキョロしちゃう僕。どんどん魔法陣の光は強くなっていきます。一番光っているのは、僕達が乗っている大きな魔法陣ね。

すると、周りの小さな魔法陣に乗っていた黒ローブ達が、杖《つえ》を出して何かを唱え始めました。ラジミールも。コレイションは大きな鉱石の前から動いていません。

『レン、そろそろ来るよ。落ち着いてね、後で会おうね』

ブローがそう言って、いきなりパタンッて倒れたんだ。

僕は慌ててブローのことを呼ぼうとしたんだけど、僕にもすぐに変化がありました。

そう、急に凄く眠くなったんだ。

でもそれだけじゃないの。身体中がピリピリズキズキ痛くなって、それから息も上手くできなくて。

　これが、ブロー達が言っていた苦しいやつ？

　本当にとっても苦しくて、ボロボロ涙が出ちゃうくらい、本当に苦しくて、体も全然動かせないの。

　眠くなったのがすぐにどこかにいっちゃうくらい。

　その時、僕の後ろから声が聞こえたような気がしました。

　僕の気のせいかもしれないけど、それは怪我治し黒ローブの声だった気がしたんだ。

「大丈夫、落ち着け。そうすれば少しは楽になる、すぐに苦しいのは終わるからな」

　それを聞いた僕は、少しだけ体から力が抜けて、確かにさっきよりも苦しくなくなりました。

　ほんの少しだけで、結局苦しいのは変わらなかったけど、それでもブローが今どうなっているか、見ることくらいはできるようになりました。

「ぶりょ？」

　倒れたブロー。ブローの体は震えていて、とっても苦しそうな顔をしています。

　僕達が初めて会った時よりももっと苦しそうなの。

「ぶりょ、だいじょぶ。ぼく、いちょ。だから、だいじょ……」

　ブローに声をかけた時、フッと急に痛みがなくなって、それから息も普通にできるようになりました。

　でも今度は最初みたいに凄い眠気が襲ってきて、僕はそのまま、檻に寄りかかるように寝ちゃいました。

◇　◇　◇

私、コレイションは、子供と闇の精霊が眠ったことを確認する。

「よし、ここまでは予定通りだ。ラジミール、始めろ」

「はっ！」

ついに始まった、あの方を完全に復活させるための儀式が。

闇の精霊と子供は、すでに二度と覚めない眠りに落ちた。

後は子供から全て力を奪い、闇の精霊はあの方から離れられないようにしてしまえばいいだけだ。

ラジミールは私をまっすぐに見つめてくる。

「コレイション様、私もそろそろ意識がなくなりそうです。後のこと、よろしくお願いいたします。あの方の復活を直接見られないのは残念でなりませんが、それでもあの方のためにこの身を捧《ささ》げられること、大変嬉しく思います」

そう言って、最後の呪文を唱えるラジミール。

するとラジミールの体が赤黒く光り始め、呪文を唱え終えると、その場へ倒れ込んだ。

よし、ここまで完璧だ。後はあの方の復活を待つだけ。

いよいよ、いよいよだ。あの方が復活し、そして私コレイションの理想の世界がやってくる。新たな時代の始まりだ‼

◇　◇　◇

「――スノーラ、これは一体何だ。お前はこれが何か分かっているのか？」

「我も確信が持てんのだ。しかしこの感じ、そしてこの状況、あの時とそっくりだ」

我、スノーラは、焦ったように言うローレンスにそう答えるしかなかった。

昨日から、少しでも手がかりがあればと、森と屋敷を行ったり来たりしていた。ついさっき、急激に周囲の雰囲気が変わってきたことに気がつき、ブラックホードの森から屋敷に戻ってきたばかりだ。

というのも、いきなり暗闇が一気に空を覆い、綺麗だった夕日を全て消し去ってしまったのだ。

屋敷に戻った我が、ローレンスとそして、住民達を避難させる段取りを相談しつつ、とはいえそれで対策は十分なのかと話を始めたところで――

一瞬地面が揺れかと思うと、次はかなり強い風が吹き始めた。

さらに嫌な感覚を覚えた我は、すぐさま窓から外を確認する。

もちろんエンも気付いていて、すぐに我の隣に来て外を確認した。

「これは……かなりまずい状況だな」

「ああ、あの時よりもまずいかもしれん」

そんな我らの会話を聞いて、ローレンスがさっき、あのように聞いてきたのだ。

ローレンスも気になっているであろう「あの時」というのは、まさにディアブナスが世界を闇で支配しようとしていた時のことだ。

その時も世界は暗闇に包まれたのだが、それは夜になっても続き、星一つも見えない状況になった。しかも今日は何十年かに一度の月が、重なり一つになる日だ。これもまた、前回と状況が同じなのだ。

その時のディアブナスは異様に強力で、奴が従えていた魔獣達から人々を守るどころか、奴の力を抑えるだけで精一杯で、どれだけの犠牲を出したことか……

そして、今回は、その時と微妙に違う部分もある。

先程から感じているように、あの時のディアブナスの気配と少し違うのだ。

邪悪な気配は同じだが、それに輪をかけて、新たな力が加わっているような……空が暗闇に覆われてから、さらにそれを強く感じるようになっている。

そんなわずかな違いを、どう説明したものか。

もちろん隠すようなことではないため、話すのに躊躇《ためら》いはない。

我はすぐに、今の状況と昔のディアブナスの事件の時の状況が、ほとんど同じだということを話した。

我らの話を聞いた時、ローレンスだけではなく、部屋にいたフィオーナやエイデン、レオナルド、そして使用人達全員が、絶望的な表情をした。

だが、すぐに復活したのはローレンスだった。

「止める手段は？」

「最初にディアブナスを封印した方法は、結局数年後に失敗だったことが分かっている。しかし二回目の封印は……あいつが自分の命と引き換えに行ったものだからな」

「……ないということか」

「あの時のように力を持つ者達がいれば、少しは時間を稼ぐことはできるだろうが。だが今この世界に、それだけの力を持つ者がどれだけいると思う？　ちなみに我はそのような者に、ここ何十年も出会っていない」

しんとする部屋の中、それでもローレンスの表情は変わらず真剣なままで、これからのことを考えているようだ。

そしてそれはローレンスだけではない。いつのまにか部屋にいる全員の表情が、今のこの状況を打開しようと、しっかりとしたものになっていた。

「父さん、とりあえず俺は、住民の避難を手伝ってくるよ。それで何かあればすぐに父さん達に伝えるようにする」

「私も行くわ。レオナルド、しっかり準備してから行くのよ。急ぎなのは分かるけど、準備を怠ってはいけないわ」

「フィオーナ、レオナルド。外は任せる。エイデンは私の手伝いを」

「分かった！」

ローレンス達親子が動こうとしたところで、我は伝えておかなければならないことを思い出す。

「行く前にもう一つ。この状況だ、闇の力のせいで、我らの感覚が鈍っている。お前達、いや全員の気配が分かりにくくなっているのだ。急に助けに行こうとしても、いつものようにすぐにお前達の所に行くことはできん。気をつけろ」

フィオーナ達が頷き、部屋から出て行った。

それを見送って、ローレンスはケビンの方を向く。

「ケビン、今この国で能力のある者はどれくらいいる?」

「それは旦那様方も含め、でしょうか?」

「ああ」

「でしたら二十人ほどかと」

それに頷いたローレンスは、こちらを見る。

「スノーラ。私やフィオーナくらいの能力を持っている者二十人ほどで、復活したディアブナスをどれだけ止めることができる?」

「……長くて一日、下手をすれば半日ももたんだろう。お前達だけだったらという場合だが。我らのような守護獣もいるから……そうだな、なんとか五日くらいか。だがさっきも言った通り、確かに奴の力に似ているが、あの頃の奴の力以上のものを感じる。我も昔のように止められるか分からん」

「そうか、だがやるしかないだろう。ケビン、今お前が考えた者達を集めてきてくれ。それと……」

ローレンスが話を続ける中、それは突然起こった。

今までまったくそんな気配はしていなかったのに、本当に突然、それは屋敷の外門の所に現れたのだ。

「おい、スノーラ！　この感覚は！」

「分かっている‼」

我は窓から飛び出して、すぐに外門へと向かう。

しかしすぐに、その気配は薄くなった。

ええい！　まったく！　この闇の力のせいで、本当に気配が定まらない。

確かに先程、外門の所に気配を感じたのだが。それが今では、あちこちから感じるようになってしまった。

落ち着け、落ち着いて感じろ。本物の気配は一つなのだから、惑わされるな。

「お前達、どけ‼」

我は急いで騎士を退《しりぞ》ける。

屋敷からローレンス達が出てくる気配が、何となく分かった。おそらくエンが説明し、皆こちらへ向かっているのだろう。が、今はこちらに集中しなければ。

集中したおかげで気配が定まった。やるなら今しかない、怪我をさせぬよう一撃で。

我は騎士がどいたのを確認すると、外壁から少し中へ入った地面に向かって、風魔法を放った。

そしてすぐさま、もう一度風魔法を使う。ここまでは上手くいっている。このまま我の所まで浮かべれば——

我の前に風魔法に包まれて、それは浮かんできた。

よかった、我の最初の攻撃では怪我はしていないようだ。浮かんで来たそれを、我はしっかりと手で包み込む。

『――アイス、こんなにボロボロになって。なぜあんな地下をふらふらしていたのだ。今ヒールをかけてやる』

私の手の中でグッタリとしている、いつもと違ってうっすらグレー色のアイス。

そう、アイスが帰ってきたのだ。なぜか地下をフラフラと歩きながら。

先程の魔法は、一発目で地面をえぐり、二発目はアイスを包み運ぶためのものだった。

我がヒールをかければ、どんどんアイスの傷が治っていく。それにつれて、アイスの意識もハッキリしてきた。

『スノーラ……ボク、スノーラ呼びにきたなの。レンと精霊さんのブローいる場所覚えてる、だから早くレン達を助けてなの。ボク、一匹で逃げてきちゃったなの。レン達逃げてって言ったなの。早く助けてなの。ボクが案内するなの』

「分かった、すぐ助けに行く。このままヒールをかけたまま動くが、もう少しすれば完全に怪我は治るからな」

精霊と言ったか？　ディアブナスが関わっているとすれば……闇の精霊か？　この体の色も、よく見れば魔法のようだが。その辺はアイスに案内してもらいながら聞けばいいだろう。

今はとりあえずアイスが覚えているという、レン達がいる場所へ向かわなければ。

そんな我らの所へエンが来て、エンもアイスを見てホッとした表情を見せた。

「レン達に逃がしてもらい、お前を呼びに来た、という感じか。この変な力のせいで我らは今、気配が上手く感じられんから、アイスが逃げたことに気付かなかったか……どれ、ワシが汚れを綺麗にしてやろう。クリーン」

エンがそう言うと、アイスの体を風がシュルシュルと回り、すぐに汚れが全て消え、いつもの綺麗な色のアイスに戻った。

「我は今からアイスに案内してもらい、レン達を助けに行く。悪いがお前も来てくれるか、エン。もし何かと戦うことになった際、流石に我だけでは対応できぬかもしれぬ」

「分かった。この屋敷には結界を張ってから行こう。我々がいない間に何かあっても困る……この状態では、結界が機能するか分からんがな。それとドラ達には別に結界をはっておこう」

スッとエンが消え、十秒といったところか。その間に結界を張って戻ってきた。

それとローレンス達にも、これから我らはレン達の元へ向かうと、伝えてきてくれたらしい。

ローレンス達は一瞬驚いた後、自分達では足手まといになると分かったのだろう。レンを頼むと言って、屋敷へ戻っていったそうだ。

「よし、行くぞ。アイス、どちらへ向かえばいい？」

『うんとね、まず外壁の門の方に行ってなの』

「分かった」

かなり元気が戻ってきたアイス。我はヒールをかけたまま、一気に外門へと駆け出す。

そして次はどこだと聞けば、ここからはアイスが案内するから付いてきてと言われ、完全に傷が治ったのを確認してから地面へ下ろした。

歩き始めてすぐに、どうやって逃げてきたのかを詳しく聞いた。

捕まり閉じ込められていた部屋で、闇の精霊に会ったこと。その精霊は魔法陣の上の檻で弱っていたが、レンが魔法陣をいつも通りはたいて消して、少し元気になったこと。

そして、夕方になって魔力が戻ったその精霊にアイスは逃がしてもらい、助けを求めてくるように言われたこと。

無事に家を出たアイスだったが、騒ぎになっている街を走るのは大変で、水道の溝の中を走ってきたようだ。

そこで足を滑らせ何度も転びながら、それでも溝をずっと走り。そしていつの間にか、地面にどんどん潜ってしまったようだ。そこを我が拾い上げた。

あんなにボロボロになって、痛く苦しかったろうに、アイスはレンのために走り続け、そして見事に我の元へ辿《たど》り着いた。

こんな小さい体で、よく頑張った。お前は本当に凄いな。

我が感心している間にも、アイスは説明を続ける。

『変な人達、いっぱいいたなの』

「変な人？」

『えっと、コレイションとラジミールと、それからレンは黒ローブって言ってたなの。その人達がいっぱいいたなの。その黒ローブの中にも変な人がいて、レンのお怪我治してくれたなの。悪い人達なのにいい人で、変な人なの。レンは怪我治し黒ローブって言ってたなの』

コレイション？　ラジミール？　聞いたこともない名前だ。エンの方を見ると、奴も知らないらしく首を横に振った。

『それからこれが一番大事なの。今日が最後みたいなこと、ブローが言ってたなの。ブローは闇の精霊さんのお名前なの』

最後？　この気配と状況からすると……まさか、奴が復活するのか？

その儀式のために、レンとブローは攫われた？　レンはかなりの魔力を持っているからな。そして闇の精霊ブローは、もちろん最高の闇の力を持っているわけだし……

「そうか。ではお前を助けてくれたブローもしっかり助け出し、礼を言わなければな」

『うん！　ボクもいっぱいありがとうするなの！　あっ！　もうすぐなの、もうすぐ家に着くなの！　レン、スノーラ連れてきたなの!!　待っててなの!!』

と、その時、アイスがさらに早く走ろうとして、ジュシャァァァァッ!!　と思い切り転んだ。

我はアイスを手のひらに乗せて、そして家を通り過ぎないように、早歩きで歩き始める。

『いたた、失敗なの』

「まったく、気をつけろ」

『ごめんなさいなの。あっ！　家が見えたなの!!　シマシマの煙突があるお家なの!!』

我らの少し向こう、アイスの言う通り、確かに縞模様《しまもよう》の煙突がある家が見えた。

◇　◇　◇

真っ暗な中で僕は首を傾げます。

……ここはどこだろう？　目を覚ましたらここにいたんだよね。

僕、寝る前は何をしていたっけ。誰かと何かお約束した気もするし。う～ん？

それに、どうして僕はこんな真っ暗の中にいるの？　こんな怖い所に一人で来るわけないのに。

いくらスノーラ達を呼んでも、誰も答えてくれません。

でもこの場所、僕、前に来たことがあるような気がするんだ。確かその時も、スノーラ達を呼んで、それから一生懸命探したんだけど、誰も見つけることができなかったような？

……そうだ！　あの時は変なのが僕を追いかけてきたんだった。きっとまた追いかけてくるよ、急いでどこかに隠れなくちゃ。

でもどこに隠れればいいの？　こんな真っ暗で何もない場所、ローレンスさんのお屋敷とか、スノーラ達と暮らしていた森みたいに、隠れる場所がいっぱいあればいいのに。

ここには何もない、なんとか探さないと。

僕は真っ暗の中を歩き始めました。最初は何かにぶつかるといけないと思って、手を伸ばして目の前に何かないか、確認しながら歩いていたんだけど……いくら歩いても何もなくて、途中からは普通に歩いたよ。

それから時々、スノーラ達がいないか呼んでみて。もしかしたらスノーラ達もこの真っ暗の中にいて、僕を探してくれているかもしれないでしょう？

でも……歩いて、呼んで、それを何回も繰り返しても、結局何も見つかりませんでした。

それにどれだけ歩いたのか、たくさん歩いたのか、それとも少ししか歩いていないのか、それも真っ暗で分からなくなっちゃいました。

でもとっても疲れちゃった僕は、その場に座ってちょっと休憩することに。勝手に流れてくる涙を何回も拭きます。

大丈夫。怖いけど大丈夫。きっとスノーラが探してくれている。もうすぐ僕を見つけてくれるはずだもん。それでルリやアイスと一緒に、迎えに来てくれるんだもんね。だから我慢我慢。

もう一回ごしごし涙を拭いて立ち上がる僕。

さあ、休憩は終わり。今度はあっちに行ってみよう。そう思って歩き始めた時でした。

前の方の真っ暗の中、ウネウネ動く黒い何かがありました。

もしかして、この前と同じ、真っ暗の中、僕を追いかけてくる変な奴。あれが来ちゃった!?

僕は急いで反対を向いて走り始めました……でも、よちよちの僕。

後ろを振り返ったら、あの黒い奴がかなり近づいてきていて、慌ててまたよちよち走ります。

と、その時でした。僕の前方に少し明るい光が現れました。それでその光の中からスノーラの声が聞こえたんだ。

『レン!!　こっちだ!!　こっちに走ってこい!!』

「スノーラ？　スノーラ！」

『レン！　走って!!』

『走ってなの!!』

スノーラだけじゃありません。ルリやアイスの声も聞こえて。僕は光に向かって走り続けます。嬉しい！　やっぱりスノーラ達が迎えに来てくれたよ。あそこまで行けば大丈夫、早く行かなくちゃ！　でも……

スノーラ達の声が聞こえているあの光、ちょっと変な感じがします。

確かに他が真っ暗だから、光の所はとっても明るく、キラキラしているように見えるけど、なんか光に黒いものが混じっているような？

でも真っ暗の所にいるよりも全然いいし、あの黒いのがもうすぐ僕に追いついちゃうし、スノーラ達が呼んでいるんだから、早くあそこに行かなくちゃね。

変だと思いながらも、どんどん光に向かいます。その間にもスノーラ達は僕を呼んで、応援してくれてました。

『早く、こっちだよ！』

『ここは安全なの!!』

『レン頑張れ！　もう少しだ！』

あれ、そういえば僕、アイスに何かお願いしていたよね。何だっけ？　とっても大切なことだったと思うんだけど……それにアイスと約束した時、アイス以外にも誰かいたような？　誰だっけ？

考え始めたら、よちよち走るのが遅くなりました。それに気付いたスノーラ達が叫びます。

『何をやっている！　早くこちらへ来ないか!!』

『レン！　どうしたの？　早く来ないと捕まっちゃうよ！』

『早く来てなの!!　僕達ずっと待ってるなの！　レンが走ってこないとダメなの！』

ん？　何か違う気がする。僕は完全に走るのを止めました。僕が走らないとダメ？　待っている？

『あいしゅ、ぼく、あいしゅとおやくしょく？』

『お約束？　何の約束なの？　それより走ってなの！』

違う、アイスと僕は約束したんだよ。とっても大切な約束。でもアイスがそれをできなくても僕は怒らないって、アイスが無事だったらそれでいいって。だけどアイスは絶対に呼んでくるって言って……誰を？　なんで僕達はそんな約束したの？

考えていたら、後ろから『グワアッ』って声が。すぐそこまであの黒いのが近づいてきていたんだ。慌てて前を向く僕だけど、動けなかったよ。

だってさっきまでスノーラ達の声を出してた光が、今は黒とか紫、濃い青色も混ざって、とっても気持ち悪い色になっていたんだ。

僕は慌ててスノーラ達を呼びます。

「しゅのー!!　りゅり!!　あいしゅ!!　にげちぇ!!」

『レン！　こっちに来るんだ!!』

『早く！　何してるの!!』

『レンが来ないと行けないなの!!』

やっぱりスノーラ達じゃない！　今までのスノーラ達の声じゃなくて、全然違う何か色々な声が混ざっている声に、みんなの声が変わっていたんだ。あそこにいるのはスノーラ達じゃない!!

前にも後ろにも行けなくなった僕は、横に走り始めようとします。早く逃げなくちゃ！

『待て、こっちだぁ!!』

『こっちに来い！』

『出口はこっちなの!!』

僕は走ろうとしていたけど怖くて、その場にしゃがみそうになっちゃいます。

でも、その時でした。

『うるさいよ!!　まだ完全に復活してないんだから、大人しくしててよね！』

声が聞こえて、ポンッ!!　って、僕の目の前に何かが飛び出してきました。

『ほらほら、まだしっかり復活していない奴は、どっかに行って。それからそっちの！　幻もあっちに行ってよ。レンが困ってるでしょう！　これから僕達はやることがあるんだからね』

僕の目の前に出てきたそれが、後ろから追いかけてきた黒いものに、何かの魔法をかけました。

そうしたら、黒いものが唸りながらシュウウウウッと消えちゃいます。

その後は、スノーラ達の声を出していた、気持ち悪い色になった光にも魔法をかけます。

そっちは唸り声を上げながら、パンッ!!　って、今度は弾けるように消えていきました。

そんな変な光でも一応光だったから、少しは周りを照らしてたんだけど、それが消えて周りはまた真っ暗に。

いきなり現れて、僕を助けてくれたそれも見えなくなっちゃったよ。

『ああ、もう。すぐにレンの所に来るはずだったのに。あいつのせいで遅れちゃったよ。レン、ちょっと待ってね、少しだけだけど、周りを明るくするからね。僕は闇の精霊だから、どうしても友達のアイツみたいには明るくできないんだ。でも少しなら……よいしょっと』

勝手に話を進めるそれが、よいしょって言った後に、僕の目の前にキラキラしたものが現れました。それからそのキラキラがフラフラ動き出して、さっき助けてくれたものが見えたよ。

ルリくらいの大きさの、羽が生えた子だけど……う〜ん、この子誰だっけ？

『さ、これで大丈夫かな？　レン、遅れてごめんね。すぐにレンの所に来るつもりだったんだけど、予想外にあいつの力が強くてさ。それでさ、今は体は苦しくないと思うんだけど、どう？』

「……」

『レン？　どうしたの？』

「だりぇ？　まちゃ、へんにゃのきちゃ？」

『変なのって……あ、もしかして夢って思ってるのかな？　それともここへ来た時に記憶がこんがらがっちゃったとか。僕だよブロー、闇の精霊のブロー。待ってて、レンの精神をしっかりさせるから』

ブローって名乗った小さな精霊さんが、僕の頭の上に乗ってきて、歌を歌い始めました。

あれ？　この歌、僕どこかで聞いたことがあるような？

歌を聴いてうるうちに、どんどん胸の中が温かくなってきた僕。それから頭の中で、今までモヤッとしていたものが、すぅって消えていきます。

そのモヤモヤが消えると、僕の頭の中に色々なことが浮かんできました。

悪い奴らに連れてこられた部屋でブローに会って、ブローにいっぱいお話を聞いたこと。

その後はアイスだけは逃げられるから、スノーラを呼んで来てってアイスを見送ったこと。そういえばその時、アイスだけでも無事でいられますように、って願ったんだよね。

でもスノーラが来ないうちに、僕達はどこかの森へ連れて行かれて、魔法陣の上に乗せられて、悪い人達が呪文を唱えたらとっても苦しくなって……

それから？　眠くなって寝ちゃった？

そうだ、僕寝ちゃったんだ！　それで今僕の前にいるのはブローで！

「ぶりょー!!」

『よかった、思い出したみたいだね』

「ぶりょー、ごめんしゃ、わしゅれてちゃ」

『別にいいよ。これも魔法陣とアイツのせいだからね。僕も遅れちゃってごめんね』

僕はブローに、ここがどこなのか聞いてみました。

そうしたらここはね、僕達の力を奪おうとしている、悪の意識の中だって。それで今、僕達の力を奪っている最中みたいです。今ここにいる僕達も、本当の僕達じゃなくて僕達の意識で、体は今あの魔法陣の上で寝ているって。

それから、さっき僕を追いかけてきた黒いものは、悪そのものらしいです。

あと、気持ち悪い光の方、偽物のスノーラ達の声が聞こえたものは、悪が作り出した幻だったみたい。

悪が完全に僕の力を取り込むために、あの幻を使って僕を捕まえようとしたの。

もしあの気持ち悪い光に触っていたら、僕はもう起きることはなかったかもしれない。ブローが話してくれていた、逃げるチャンスもなくなっちゃって、完璧に終わりだったって。

ふぃ〜、危ない危ない。もう少しで僕、永遠の眠りにつくところだったよ。

ブローは問題が起きて、すぐに僕の所に来られませんでした。でも僕が危ないって分かって、一生懸命僕の所まで来てくれたの。ブロー、ありがとう！

『まったく、力を奪うのが最後だからって、調子付いちゃってさ。一気に僕達を取り込もうとするんだから。でもこれでなんとかできそうだよ……そう、チャンスだよ！』

そう言ってニッコリ笑うブロー。

少し場所を移動するから付いてきてって言われたので、僕は手のひらを前に出して、その上にブローが座ります。

この辺りは悪の力が強いから別の場所に行って、この空間から逃げるんだって。その場所にはすぐに着くから問題ないみたいです。

ブローに言われた方向に進む僕。ブローのおかげで体の中がまだポカポカしているよ。それにもう一人じゃないからね、さっきみたいに怖くありません。

『ここから抜け出せたら、僕達は寝る前のまま、魔法陣の上で目が覚めるはずなんだ』

ブローがこれからの話をしてくれます。

まずここから出ると、魔法陣の上で寝ている僕達が目を覚まします。そして起きたらすぐにブローが、特別な結界を張ってくれるそうです。

それは精霊のブローだけが張れる特別な結界で、少しの間なら誰も絶対に手が出せないって。その間に、アイスを逃したのと同じトンネルを作るから、そこから僕に逃げてって言いました。

「ぶりょーは？」

『言ったでしょう？　僕はアイツと繋がっちゃってるから逃げられないって。だからとりあえずレンは逃げて。僕は僕で方法を考えるから』

ブローもなんとか一緒に逃げられないかな？　無理やりはやっぱりダメ？　逃げたら繋がりが切れるかも。

『大丈夫、心配しないで。どうにかするからさ。さぁ、そろそろ着くよ』

僕が難しい顔をしていると、ブローがまたニッコリして、そう言ってきました。

着いた場所は、今までの真っ暗な場所と違って、少し明るいかな？　ってくらいの場所でした。

それでも暗いことには変わりがなくて、僕が、周りが見にくいって言ったら、別に何もないから気にしなくていいよってブローが笑ってました。

『ここはあいつの精神の中で、一番力が弱い場所なんだ。だから魔法を使うにはこの場所がいいんだよ——いい、これから外に出るからね。さっきみたいに記憶があいまいになることはないけど、外が今どんな状況なのかは分からないから、起きてもその場から動かないでね』

動かないでブローが特別な結界を張ってくれるのを待つ。それでトンネルができたら、すぐに僕は移動する。

これが、僕が起きたらやることです。

『いい？　大丈夫？　僕を信じて』

「うん！　だいじょぶ！」

『じゃあ、魔法を使うからね……僕、最後にレンと会えてよかったよ』

ブロー、最後何て言ったの？　よく聞こえなかったんだけど。

もう一回聞こうと思ったんだけど、すぐにブローが魔法を唱え始めちゃって、聞くことができませんでした。

ブローが魔法を唱え始めてすぐ、僕達の足元に魔法陣が現れます。

今までに見たことがある魔法陣と違って、とっても綺麗でした。

黒と白の光が魔法陣を形作って、それからキラキラしたものがふわふわ上に上がってきて……本当に綺麗なんだよ、雪が逆に降っているみたいなの。

それが少し続いた後、変化がありました。

黒と白の光が、魔法陣から風みたいに溢れ始めたんだ。キラキラも量が増えて、僕とブローは魔法陣の中で包まれる感じになります。

うん、このキラキラなら包まれても怖くない。僕が連れてこられた時の、あのドロドロと黒い結界みたいなものに包まれた時は、本当怖くて気持ち悪かったよ。

『レン！　魔法陣から、今包んでいるものから手を出さないでね。もう少しで唱え終わるから……ほら、あっちを見て！』

ブローが見ている方を見たら、あの黒いものがいつの間にか現れていて、こっちに来ようとしていたんだ。

僕は思わずちょっとだけ後ろに下がっちゃいます。でもすぐにブローに『動かない!!』って言われて、その場にピタッと止まりました。

あの悪い奴はブローが魔法を使ったのに気付いて来たみたいだけど、まだまだ力が足りていないから、今以上は近づけないし、魔法陣の中には入ってこられないんだって。でももし僕が魔法陣から出ちゃったら、すぐに悪が僕のことを捕まえに来るから気を付けないといけません。

危ない、気をつけなくちゃ。せっかくブローが魔法を使ってくれているんだから、捕まるなんてダメだよ。

ドキドキの僕は魔法陣の真ん中に戻って、ブローが魔法を唱え終わるのを待ちます。

『……よし、と。これで行ける！　さぁ、外へ出るよ!!　レン、後でね！』

「うん!!」

黒と白、それからキラキラの勢いが凄くなって、目を開けていられなくなった僕は、ブローをしっかり抱きしめて目を瞑りました。そしてその瞬間、目を瞑っていてもまだ眩《まぶ》しい光が。

ブロー、大丈夫⁉　ブロー‼

…………

「ん？」

僕は目を擦って、それからくあぁって、大きな伸びをしました。

その途端周りがザワザワして、『どうして⁉』『なぜだ⁉』とか、色々な声が聞こえてきたんだ。

もう、うるさいな！　何なの？　そう思いながら周りを見る僕。

僕は魔法陣の上に座っていて、隣にはブローが入っている檻があります。中のブローは成功したってニコニコです。

それから周りの小さな魔法陣に立っていた黒ローブ達は、全員倒れていてぴくりとも動きません。ザワザワ騒いでいたのは、他の場所に立っている黒ローブ達ね。

『レン！　約束だよ！　動かないでね‼』

ブローにそう言われてハッとする僕。そうだった、僕達さっきまで悪の中にいたんだ。

僕はブローの檻をしっかり抱えて、その場から動かないようにします。

それで祭壇の方を見てみたら、その前には、とっても怖い顔をして立っているコレイションと、苦しそうに倒れているラジミールがいました。

ラジミールは胸を押さえながら、「グガガガガ」って、苦しそうな叫び声を上げてます。それに血を吐きながら、目からも血が流れていて、地面をのたうち回っているんだ。

「なぜだ、なぜお前達の意識が戻った!! その精霊のせいか!? まったく余計な真似を。ここまで順調だったものを、すぐにまたあの方の元へ送ってやる」

そう言って僕達の方へ手を伸ばしてきたコレイション。

でも僕達の少し手前で、バチッ!! と何かに手が弾かれました。手だけじゃないの、体ごと後ろに弾かれたんだ。

『レン、言ったでしょう。僕が特別な結界を張るって』

ブローがそう言った途端、薄い黒い膜《まく》みたいなものが僕達を包みました。

大きな魔法陣とちょうど同じくらいかな。そしたらね、魔法陣から出ていた赤黒い光が弱くなりました。

『よしよし、ここまでは完璧。後はトンネルを作って、レンがここから逃げればバッチリ——くっ！』

ブローが言葉の途中で、突然檻の中で倒れました。

僕ビックリしちゃって、なんとか檻から出して抱きしめてあげようと思って、檻の扉をガチャガチャします。でも全然開けられなくて、その間にブローが起き上がりました。

「ぶりょ？ ぶりょ!! だいじょぶ!?」

『大丈夫、ちょっと結界に力を使いすぎちゃっただけ。今からトンネルを作るから、後少しだから待っててね』

ブローがフラッと立ち上がって、目を瞑りました。

そして呪文を唱え始めると、すぐ僕達の前に黒い丸が現れて、それがゆっくり広がり始めました。

でもアイスの時よりも広がるのがゆっくりで、それに魔法を唱えているブローの顔色がどんどん悪くなっていくの。

僕は思わずブローに声をかけそうになります。でもそれをグッと堪《こら》えて。

だって、苦しいのに僕のために、頑張ってトンネルを作ってくれているんだから、ブローの邪魔をしちゃダメだもん。大人しく待っているのが、今の僕にできること。

だからじっと、ブローがトンネルを作ってくれるのを待ちました。

ゆっくり、でも着実に広がった闇のトンネルは、僕の顔くらいの大きさになりました。

『ふぅ、なんとかここまで広がった。もう少し広がったらレン通れるかな？　本当はゆったり通ってほしかったけど、ちょっとギュウギュウになるかも』

「だいじょぶ！」

僕はウンウン頷きます。大丈夫、大丈夫だよ。ギュウギュウなんて気にしないよ！　ブローありがとう！

ブローが笑って、またトンネルを広げ始めようとした時でした。

ブローが張ってくれた結界に、いきなり衝撃が走りました。

◇　◇　◇

――どういうことだ？

確かに俺は奴の力が弱まるのを待って、闇の精霊とあの子供を助けようと思っていた。

闇の精霊の方はディアブナスと繋がっているため、あまり遠くまでは逃がせないが、子供の方は全ての力を奪われる前であれば、体の不調はあるだろうが、親元に帰してやることができる。

そのために俺は、子供達をここへ連れてきた後すぐに、奴らの目を盗み、なんとか儀式までに到着した仲間と合流していたのだ。

あまり長い時間、作戦を話す時間はなかったが、それでも子供達救出までの流れと、どこでどのように儀式が行われるかを伝えた。

その後は細かい段取りを話し、ひと通り準備を終えることはできた。

「では私はユイゴ様の一番近くで隠れて待機を。何かあれば、私が奴らの気を引き、ユイゴ様が子供を救出しやすいように」

仲間のうちの一人――アーティストが、俺を見ながらそう言う。しかしアーティストの父、バイアスが首を横に振った。

「いや、それは俺がやる。お前はユイゴ様の側から離れるな。ユイゴ様、それでいいですよね」

「ああ、それでいい。バイアス、お前は後方で指揮をとってくれ。子供を救出すれば、奴らは全力で奪い返そうとしてくるだろう。俺が戻るまでなんとか時間を稼いでくれ」

「はっ‼　……あちらはどういたしましょう？　おそらくもうすぐ到着するとは思いますが」

「……問題はそちらか」

バイアスが言っているのは、長達の部隊のことだ。

まったく何をしに来たのか。いつも面倒なことは全て俺達に押し付けてくるのに。

俺はアーティストやバイアス達の援軍を頼んだんだが、まさか長達の部隊が来るとは思いもしなかった。

奴らが来たら子供達を救出するどころか、ディアブナスの復活をかえって進めてしまう可能性もある。なにせ奴らは余計なことしかしないので、救出作戦の邪魔になる気がするのだ。

まったく、面倒な……せめて子供達の救出が終わってから合流してほしいものだ。

「悪いがブリアード、お前はあいつらがここへ来ないように、なんとか止めておいてくれ。子供達を救出したら合図を送る。まぁ、森の様子で分かると思うが」

「了解しました。適当に言って足止めしておきます」

「よし、では皆位置につけ！」

こうして俺の仲間は、奴らに気付かれぬよう気配を消し、それぞれの位置へとつき、俺は子供達の所へ戻った。

すでにほとんどの準備が終了していて、本当にギリギリになってしまったが、なんとか俺達の準備は完了した。

子供達が魔法陣へと連れて行かれ、その間にブリアードから魔法で、長達の部隊と接触して足止めしていると連絡が入った。頼むぞ、ブリアード。少しでいい、子供達を助けるまででいいんだ。

そしてついに儀式が始まり、子供達は苦しみ出す。

手を出すことはできないため、その姿を見ているしかなかった。

本当に可哀想だと思いつつ、私俺は小さな子供に小さく話しかけた。

「大丈夫、落ち着け、そうすれば少しは楽になる。すぐに苦しいのは終わるからな」

その直後だった。子供が大きく呼吸をすると体から力を抜いた。

その後、眠りについた子供達。

後は子供達の力を奪っている最中、ディアブナスの力が弱まっている隙に、子供達を救出すればいいだけだ。

ここまでは予定通りだな。

やはり子供達から力を奪い始めると、力を奪うのに夢中になって無防備になるらしい。

だが、これまで闇精霊から力を奪っていた時とは、違う部分もあった。

というのも、ディアブナスの器となっているラジミールの力が、急激に増幅してきたのだ。

力を奪いながら、奴へ乗り移る準備も始めたのだろう。それまで鉱石に溜めていた力が、ラジミールに流れ始めた。

だがすぐにラジミールが……いや、ラジミールを器にしたディアブナスが動けるわけでもない。

奴の力が弱まる時、そして乗り移っている最中――つまり今が子供達を助けるチャンスだ。

そろそろかと、俺は攻撃態勢に入ろうとした。

が、ここで予想外のことが起きてしまった。

そう、子供達が起きてしまったのだ。思わず声を出しそうになったがなんとか我慢し、動くチャンスを窺《うかが》う。

起きてしまった子供達に、コレイションが怒りをあらわに攻撃するが、それは結界に阻まれていた。おそらく闇の精霊だけが張れる特別な結界だろう。

だがあれはかなり力を使うはずで、ディアブナスに力を奪われている最中に、そんな力を使えば……

そう不安に思った瞬間、闇の精霊が倒れたのだ。それを見て慌てる子供。

だがすぐに闇の精霊は立ち上がり、また別の魔法を使おうとする。

ダメだ、それ以上は。それ以上やれば、ほとんど力を使い切り、ディアブナスに取り込まれてしまう。

しかし止めることはできず、子供と闇の精霊の前に黒い丸が現れた。それは徐々に大きくなり、子供の顔くらいまで広がった。そうか、あれを使い逃げるつもりなのか。

だが黒い丸は、途中で広がらなくなってしまう。

そしてそれと同時に、ラジミールが苦しみながらも結界へと手を伸ばしているのが見え――

◇　◇　◇

ブローが頑張って穴を広げてくれて、一息ついた直後。

結界に、バシィィィンッ!!　みたいな、バリバリバリッ!!　みたいな衝撃が走ったんだ。

その衝撃で、ブローが入っていた檻の出入り口の鍵が外れちゃって、しかも檻が倒れた拍子に、ブローが外へと転がり出ました。

僕は慌ててブローを掴んで、ギュッと抱きしめます。

ブロー、大丈夫？　怪我してない!?

『あ～、ビックリした』

頭をフルフルしながら周りを見るブロー。ふぅ、怪我はしていないみたい、よかった。

『もう、一体何なの？　急に攻撃なんて。コレイションじゃないよね、じゃあ誰が……』

ブローが前を向いて、急に話をやめました。つられて前を向く僕。僕達の前には、結界に触れているラジミールの姿がありました。

ラジミールが結界に触れているせいで、火花みたいな、電気みたいなものがバチバチ出ています。

それからラジミールの体全体もバチバチしていて、結界がラジミールを攻撃しているみたいになっていたよ。

『まさか、結界に触れられるなんて。もうそこまで力を、奴を受け入れていたの!?』

何々、どういうこと？

『大変、急がなくちゃ。今まで以上に急がなくちゃ!!』

今までと違って、ニコニコしなくなったブローが、続きの呪文を唱え始めます。でもさっきまでゆっくりと、だけど広がっていた闇のトンネルが、全然広がらなくなっちゃったんだ。

『なんで？　まだあいつ完全に復活していないのに。僕の力もまだあるのに、どうして広がらないの⁉』

　とっても焦っているブロー。

　その時、結界を破ろうとしているラジミールが、何かを言ってきました。

　でも最初は、ラジミールと誰かの声が重なっている感じで、なんて言っているか分からなかったんだ。

　僕が悪から逃げていた時に、偽物のスノーラ達の声が変な声になったでしょう？　あれと一緒。あれより酷くて、なんて言っているか分からなかったの。

　僕がそっちに釘付《くぎづ》けになってる間にも、ブローは頑張って広げようとしてくれます。

『どうしよう、広がらない‼』

「■■■■■■■■■■」

『早くしないと‼』

「■■■■■■」

『お願いだから広がって‼』

「させるものか‼」

　完璧にラジミールの声が誰かと重なって、ラジミールじゃなくて、全然違う声で叫んできました。

「させるものか‼　お前達は我の糧《かて》となるのだ、ここまで来て逃がしはせぬ‼」

『……ディアブナス。まさかこんなに早く出てくるなんて』

　ディアブナス？　ラジミールじゃなくて？　悪の名前はディアブナス？　それで体はラジミール

なのに、ディアブナスがラジミールの中に入っちゃったの？

「逃がしはせぬ‼」

『ふん、でもまだ僕の結界を消せてないってことは、完全に復活するには、やっぱり力が足りてないみたいだね。僕達がその手伝いをすると思う？』

ブローがまた呪文を唱え始めて、でも僕はすぐにブローを抱きしめて止めました。

だってブロー、さっきまでも顔色悪かったけど、今までで一番顔色が悪くなってきてたんだ。

僕ね、ダメだと思ったんだ。どうしてかは分かんないけど、それでもこれ以上魔法を使わせちゃダメだって。

これ以上やったら、ブローが消えちゃうって。そう思ったの。

「ぶりょー、にげりゅ」

『……え？』

ほら、ブロー喋るのもしんどそう。僕の手の中でぐったりしたままだし。

「ぶりょー、にげりゃれりゅ。とんねりゅ、とれりゅ」

ブローが開いてくれた闇のトンネル。僕の顔くらいの大きさから変わってなくて、僕は通れません。でもブローなら？

ブローはディアブナスと繋がっているから、逃げられないって言っていました。

だけど少しでもここから離れられれば、繋がっていてもちょっとは具合がよくなるとか、力を奪われるのが遅くなるとか、時間を稼げるんじゃないの？

今まで頑張ってくれたブロー。ずっと僕のために動いてくれて。今度は僕がブローを守るよ。

僕は立ち上がってトンネルの前に行きます。

ブローがトンネルへ入ったら、このトンネルはどうやって閉めようとか、ブローがいなくなったら結界が解けて、僕攻撃されちゃうかなとか、痛いのは嫌だなとか……色々浮かんできたけど、まずはブローを逃がすことが大切。

「ぶりょー、ありがちょ」

『……ん？　レン？』

「たしゅけてくりぇちぇ、ありがちょ。にげちぇね」

『……レン？　ダメだよ。僕は繋がってるから、ダメなんだよ』

「しょれでも、にげりゅ。ぶりょー、とんにぇる、とれりゅ」

僕はブローをトンネルに入れようとします。

「逃がさぬ!!」

ラジミール、じゃなくてディアブナスが結界を攻撃してきて、僕達にもバチバチがちょっと伝わってきました。でも僕は我慢してブローをトンネルへ入れます。

『ダメだよ、レン……』

「ぶりょー、ぼく、まもりゅ!!」

僕が叫んでブローを入れようとした瞬間と、ディアブナスが結界を破ってくるのはほぼ一緒でした。そして手を伸ばしてくるディアブナス。

ダメ!!　あいつの方が早い!!　そう思った瞬間でした。

「――よく守った」

その声と共に、スノーラの背中に乗っている時みたいに、シュッ!!　と周りの景色が変わりました。

そして次の瞬間には、さっきよりも空が近くなって、空中にいるみたいでした。

どうして？　ううん、それも気になるけど……

僕は急いで手の中を確認します。

だって、さっきディアブナスが手を伸ばした時、僕がブローをトンネルに入れるのが間に合いませんでした。それで、ブローの羽にディアブナスが触ったと思った瞬間に、周りの景色が変わったから、思わずギュッてしちゃったんだ。

僕の手の中には、ギュッと握られて、グッタリしているブローの姿がありました。気を失っているみたいです。それを見た僕はさらに慌てちゃいます。

だって、僕が握り潰しちゃったってことだよね!?　ディアブナスじゃなくて、僕がブローのこと、こんなにしちゃったんだ。

「ぶりょー、ちゅぶしちゃ、ごめんしゃい!!　おきちぇ!!」

「大丈夫だ。あいつに触られる瞬間に気を失ったんだ。お前が握り潰したわけではない。飛ぶぞ！　そいつをしっかり握っていろ！」

僕の頭の方から声がして、また周りの景色がシュッ！　と変わります。

それより今の声、あの人の声？

すぐに景色が止まって、空との距離は変わっていないけど、周りには木の枝がありました。周りを見て下を見たら、僕は木の上にいました。

そしてゆっくりと、さっきの声を思い出しながら、後ろを振り返ります。そこにはやっぱりあの人――怪我治し黒ローブがいて、僕のことを抱っこしていました。

「きじゅなおち、くりょりょーぶ」

「は？　何だって？　と、また移動するぞ！」

そう言いながらシュッ!!　と飛んだ怪我治し黒ローブ。

それとほぼ同時に、僕達の横を黒い攻撃がかすっていきます。

下を見るとディアブナスが、僕達に向かって攻撃をしています。そしてそれはディアブナスだけじゃありません。他の黒ローブ達も僕達を攻撃していました。

シュッ！　シュッ！　と避ける怪我治し黒ローブ。

黒ローブ達は次々に攻撃をしてくるけど、ディアブナスは一回攻撃すると、その後すぐには攻撃してきませんでした。

「やはり完全に復活していないから、連続攻撃はできないようだな。今のうちに移動しよう――アーティスト！」

「はっ!!」

僕、ビクッとしちゃったよ。いきなり怪我治し黒ローブの隣に、怪我治し黒ローブよりも少しだけ若い男の人が現れるんだもん。

だからさ、なんでみんないきなり現れるの！　いつも僕ビックリしちゃうんだから。

「とりあえずここから離れるぞ。少し予定を変更することになりそうだ。話は途中でする。ここはバイアス達と、ブリアード達が止めている長の部隊に任せる。他の者は俺についてこい」

「「「はっ!!」」」

え？　みんなどこにいたの？　周りの木にいきなり現れた、十人くらいの男の人達。女の人も何人かいます。

みんなさっきみたいにいきなり現れたんだけど、僕はビックリするよりも人数にビックリしちゃったよ。

さっきまで僕は、たくさんの黒ローブに囲まれていたのに、でも今度は綺麗な男の人達と女の人達に囲まれています。本当みんなどこにいたの？　僕、全然気付かなかったよ。

「逃がさんぞ!!」

そんなディアブナスの声に、僕はハッとします。

でも怪我治し黒ローブは「行くぞ」って言ってと、木の上を飛びながら走り始めました。これもスノーラ達みたい。さっきみたいにシュッ！　とした移動じゃないけど、かなりのスピードで走っています。

だから僕達がいたあの魔法陣の場所は、すぐに見えなくなっちゃいました。

あっ、でもどこがその場所かは分かるよ。

僕達はどこかの森にいたみたいなんだけど、その森の中に、一部分だけあの黒と濃い青と紫が混ざった、あの気持ちの悪い色に染まっている場所があったんだ。そこが魔法陣とディアブナス達がいる場所のはず。

「ひちょ、いぱい」

移動している間にも、また別の、けどやっぱり綺麗な人達の集団が森から出てきて、ディアブナスや黒ローブ達に攻撃を始めました。一体何人いるんだろう？

「ああ、俺の仲間だ。皆強いから心配はない」

「ちんぱいにゃい？」

「ああ。それよりも話すのをやめろ。舌を噛《か》むぞ。落ち着ける所まで一気に移動するから、それまでは大人しくしていてくれ」

そう言われた僕は、しっかりとブローを抱きしめ直した後、言われた通り静かに怪我治し黒ローブに抱っこされていました。

どこに向かっているか分からないのに、怖いとか全然なかったよ。とっても安心できたし。

それからも走り続ける怪我治し黒ローブ達。どれくらい走ったのか、向こうの方に何かが見えてきました。

そういえばずっと森を走ってきたけど、何も見えませんでした。確かに森だから、元々暗いけど。それにしても、魔獣とか花の光もなくて、全部が真っ暗って感じなの。

それに見えてきた場所も、何か暗いんだよ。多分街だと思うんだけど……あれがルストルニアだったら、もっとキラキラしてるはずなんだけど。

それにもしルストルニアじゃなかったとしても、もう少し明るくてもいいと思うんだよね。

「見えてきたな。お前達が先程までいた森は、お前の住んでいる街から少し離れた場所にあった森だ。そしてあそこに見えてきた街は、お前が住んでいるルストルニアだ」

え？　あれやっぱりルストルニアなの!?　なんであんなに暗いの？　まだ遠いからそう見えるだけ？

「彼らの結界で、少しはもっているようだな。それに……迎えが来たようだが、このまま進ませてもらおう」

結界？　迎え？

そう怪我治し黒ローブが言ってからすぐでした。

そんなに時間が経ってないのに、とても懐かしい姿が見えて、僕は涙がポロポロ出てきたよ。

## 第六章　家族との再会と、怪我治し黒ローブの正体

我、スノーラとエンは、アイスの案内で小さな家の前に着いた。

すぐにでも中へ入りたかったが、もし罠《わな》が仕掛けられていてここで我らに何かあれば、レンを救うことができない。そのためまずは一応、家の周りと、中の様子を窺うことにした。

アイスの話ではこの間のように、中から気配が分からないように魔法がかけてあるらしい。

確かに中からは誰のか気配も感じることはなく、もちろんレンの気配もしなかった。

『黒ローブ、何人もいたなの。一階にも二階にもいたなの』

「今回は家全体に魔法をかけている感じか。他にも魔法がかけられている可能性も高いが……このままではやはりどうにもできんな」

「そうだな。アイス、お前達が通ってきた土のトンネルというのは、本棚の後ろにあるのだな？」

エンに頷きつつ、我はアイスにそう尋ねる。

『うんなの』

「分かった。ならばお前はどこかに隠れていろ。そうだな、向こうの家の陰にでも……」

『ダメなの！　ボクも行くなの!!　もしトンネル通るなら、ボクが案内するなの!!』

「しかしな……」

「スノーラ、余計な時間をかけるな。アイスの話を考えれば、もうレン達は別の場所へ移動した可能性が高い。早くしなければ、それだけ見つけるのが大変になるぞ。それに確かにアイスの案内が必要になる」

本当は無事に帰ってきたアイスを、レンが見送ったアイスを、これ以上傷つけないためにも置いていきたかったが……確かにエンの言う通りだ。

気配はあてにならんし、もし途中でレンの匂いがなくなってしまっていたら。中に入り迷ってしまうだろう。

アイスをしっかりポケットにしまい、我らはすぐに家の中へ入った……入ったというか、エンが面倒だと壁一面をぶち壊した。

そして家の中が丸見えになると、一階に三人、二階に四人の黒ローブを着た者達が、驚きの表情で固まっていた。

我とエンは一瞬で、一人を残して黒ローブ達を倒す。

一人残したのは、話を聞きながらレンの居場所まで行こうと思ったからだ。

エンが捕まえた黒ローブの髪を引っ張り、まずはレン達がいた部屋へ向かった。が、そこにはレンの姿も、闇精霊の姿もなかった。まあ、壁を壊してもレンの気配がなかったため、もうここにはいないだろうと思っていたが。

「ふん、今更来てももう遅い……グハッ！」

黒ローブが話そうとすると、エンが思い切り奴を殴る。一瞬奴の首が飛んだように見えたが、一応は残っていて、苦しそうに唸り声を上げていた。

「おい、我もやってしまいたいのを我慢しているのだ。それに一応話が聞けるかと残しておいたのだから、やりすぎるな」

「これくらいでこうなるのか。人間は相変わらず弱いのう」

「さっさと行くぞ」

すぐに本棚がある部屋へ。おそらくどこかに仕掛けがあって開くようになっているのだろうが、それを探すのに時間を費やしても仕方ないので、一瞬で我は本棚を吹き飛ばした。

するとアイスの言う通り土のトンネルが出てきて、黒ローブを一人連れて、我らはその中をかなりのスピードで進んだ。

アイスによれば、最初ここへ連れてこられた時、まっすぐどこも曲がらずに、あそこまで連れてこられたそうだ。何箇所か横道があったが、とりあえずアイスに言われた通りまっすぐに進んだ。

しかし着いた場所は行き止まりでレン達の姿はなく。何かあるかと調べたが、何も見つけることはできなかった。

「おい、子供達をどこへ連れて行った？」

エンが黒ローブの首を掴み、軽く持ち上げながら聞く。しかし何も答えない黒ローブ。

仕方ないと、エンが何かを取り出し、それを黒ローブに食べさせた。

それは……おい、まさか、まだ残っていたのか？　我が見たのはもう十年以上前だぞ。とっくに全て消えてしまったと思っていた。

「な、何だこれは、ぎ、ぎゃあぁぁぁ!!　来るな、来るな!!」

黒ローブが騒ぎ出す。だがそんな黒ローブを軽々と持ち上げたまま、エンが男に質問をする。

「子供達をどこへ連れて行った？　このトンネルにも魔法がかけられているな、気配を追えないように。さっさと話せ。でなければお前は永遠にその幻覚の中から出られなくなり、死ぬまで恐怖を味わうことになるぞ」

「た、助けてくれ！　ぎゃあぁぁぁ!!」

「だから早く話せと言っているだろう」

エンが黒ローブに食べさせたものは、酷い幻覚を見せる木の実で、昔人間達の間では、尋問《じんもん》や拷問《ごうもん》に使われていた。

木の実を食べた者は、その者にとって一番の恐怖を幻覚として見ることになり、それを中和する木の実を食べなければ、死ぬまで一生恐怖の幻覚を見ることになる。しかしあまりの恐怖に三日とたたず皆自害するという、かなり問題の木の実だ。

我が見た中で三日もった者はいただろうか？　大体一日でおかしくなるか、二日目に自害する者が全てだった。どうしても話を聞き出したい者には、中和する木の実を食べさせ、長く生かしていたが。

しかしあまりの酷さに、マサキがそれを使うことを禁じたのをきっかけに、他の国もそれに続き、全ての木の実が処分されたはず。

また森に残っているものに関しては、段々とその生息域を狭めていき、もう全てが消滅したものと思っていたのだが……

「ああ、木の実なら、たくさんなっている場所を知っている。だからお前も安心しろ。さらに強い幻覚を見せるために、追加で木の実を食べ……」

「は、話す！　話すから助けてくれ‼」

「……ちと早すぎやしないか？　まぁレン達を助けるためにはいいことだが」

黒ローブがペラペラ、レン達のことを話し始めた。

やはり途中の横道に入るらしく、その先にある魔法陣で、ある場所へと向かったようだ。

まだ黒ローブには中和する木の実を食べさせずに、道案内をさせる。

その途中、われわれはトンネルを壊しながら進んだ。トンネルにもあの気配を消す魔法がかかっていたからな。余計なものは破壊し、進みやすいようにしておかなければ。

そしてそれを続けること数分。転移用の魔法陣が張ってある場所へと辿り着いた。

「はぁ、ようやくレンの匂いを見つけた」

「そうだな。となれば、もうこの男は用無しか？」

「いや、一応ギリギリまで連れて行こう。それと向こうへ転移したら……何だ？」

「この感覚、奴が復活する⁉」

息をつきながら魔法陣に乗ろうとした瞬間、ディアブナスの力が爆発した。

「まずいな……おい、この魔法陣はどこに繋がっている？」

「ま、街から少し離れたあっちの森だ！　もう許してくれ！」

我はそれを無視して、エンに目配せする。

「スノーラ、お前はそちらへ向かえ。ここは我が黒ローブの連中をまとめて捕まえておく」

「助かる……アイス、行くぞ！」

「うんなの！」

我は魔獣の姿に戻ると、空を駆け始めた。

◇　◇　◇

『レン!!　無事だったようだな』

怪我直し黒ローブが止まった木の近く。木の上に、僕が会いたかった大切な家族がいました。

「しゅのー!!」

僕は魔獣姿のスノーラに向かって手を伸ばします。

でもそんな僕を、怪我治し黒ローブが止めてきました。僕はスノーラの所へ行きたいんだよ、離して！

「暴れるな。ここで今止まるのはまずいから。まずは街まで移動するぞ。お前達もそれでいいだろう？」

『この匂い、お前の正体は……いや、なぜここにいるかはどうでもいいか。レン！　大人しくその男に街まで運んでもらえ』

スノーラにそう言われちゃって、さらに泣きそうになる僕。

そのまま怪我治し黒ローブは走り続けます。そして街に入ると、やっとスノーラの所へ行けると思ったんだけど……今度はお屋敷まで行くことに。なかなかスノーラの所へ行けません。

でも走るのが速いからね、すぐにお屋敷に着いて、玄関前にみんなが着地します。

そして怪我治し黒ローブの抱っこから下ろしてもらった僕は、すぐにスノーラの元へ駆け寄りました。スノーラは魔獣の姿から人間の姿に変身して、駆け寄る僕をしっかり抱きとめてくれたよ。

「しゅのー!!」

「レン！　無事でよかった。迎えに行くのが遅くなってすまなかったな。怖かっただろう」

「しゅの、う、うえ……うわあぁぁぁん!!」

今まで我慢していたものが全部溢れてきて、もう止められませんでした。

本物のスノーラだ、偽物じゃない。

やっと僕、帰ってこられたんだ。ちゃんと帰ってこられたんだ!!

スノーラは黙って僕を抱きしめたまま、いっぱい頭を撫でてくれます。

泣くのが止まらない僕。

ぎゅうぎゅうスノーラに抱きついていたら、胸のところで『苦しいなの』って聞こえてきました。

え？

本当はくっついたままでいたかったけど、少しだけ離れて胸の所を見てみます。

そうしたらポケットから顔を出しているアイスが、くえっくえってやっていました。

『潰れて息できなかったなの。くえっ』

そして目が合う僕達。

そのままちょっと見つめ合った後、アイスがポケットから飛び出てきて、今度はアイスと抱き合います。

またまた涙がボロボロ溢れてきちゃったけど、僕だけじゃありません。アイスもボロボロ泣いていたよ。

「あいしゅ！　あいしゅ！　うわあぁぁぁん!!」

『レン！　遅くなってごめんなさいなの!!　ごめんにゃしゃい!!　わあぁぁぁん!!』

大丈夫だよ。ちゃんとアイスはスノーラを、あそこまで連れてきてくれたでしょう？　それよりもアイスは大丈夫だった？　怖かったでしょう？　もしかして怪我とかしたんじゃない？

色々お話ししたいのに、泣くのでいっぱいで何も言えなくて。でもアイス、無事で本当によかった。

泣き合っている僕達の所に、いきなり何かが飛び込んで来ました。

本当に凄い勢いで、僕とアイスの顔にぶつかって、ぐえってなっちゃったよ。泣きながら痛いって言いながら、僕達はそのまま飛び込んできたものを見ます。

飛び込んできたものは、そのまま僕の顔に張り付いていたんだけど、この感じ。そうだよ、この感じは！　僕が間違えるはずありません。

「りゅりぃ!!　わあぁぁぁん!!」

『レン!!　帰ってきた!!　僕心配してた。帰ってきた、帰って……ぴゅわぁぁぁん!!』

『みんな一緒なの!!　うわぁぁぁん!!』

僕達が泣きまくるから、玄関前は大騒ぎになりました。

ローレンスさんやお兄ちゃん達、セバスチャンさんもいたよ、いつの間に？

そんな中でスノーラが僕を離そうとするから、慌ててルリ達を抱きしめたまま、スノーラに引っ付く僕。

でもスノーラが、「見てみろ。それから、ただいまを言ってやれ」って言ってきて。

僕はスノーラが見ている方を見ます。

そこにはとっても嬉しそうな、でもちょっと泣きそうな顔のローレンスさん達がいました。

スノーラに「ほら」って言われて、そっと下に降りた僕は、今度はローレンスさんに駆け寄って抱きつきました。

ローレンスさんもスノーラみたいに、そっと、だけどしっかりと抱きとめてくれて。その後ギュッと抱きしめてくれました。

「レン、レン。本当によかった。あの時、守ることができなくて本当にすまなかった」

「ちゃじゃいま、ちゃじゃいま……うわあぁぁぁん!!」

もうずっと泣きまくりです。だって会いたかった人達が今、目の前にいるんだもん。

ローレンスさんのギュッが終わったら、今度はお兄ちゃん達が順番に抱きしめてくれて。もちろんセバスチャンさんも優しく抱きしめてくれたよ。

「感動の再会のところ悪いが、結界を張り直した方がよさそうだぞ」

そんな僕達に、怪我治し黒ローブがそう言ってきました。

「俺の仲間も皆、この街へ向かってきている。街に入ったと同時に俺達も結界を張る。お前達も張り直せ」

そんな怪我直し黒ローブに、ローレンスさんが不思議そうな目を向けます。

「スノーラ、この者は？」

「レンを連れてきた者だ。我もなぜこの者達がここにいるかは分からんが、コイツらは今回の事件の敵ではない。話をしたいところだが、今は言われた通り結界を張り直した方がよさそうだな。皆、屋敷に入れ。レン達もだ」

セバスチャンさんの後に、またスノーラに抱きついていた僕。

そう言われて、慌ててもっとギュッとしがみつきます。だってせっかく帰ってきたのに、またバラバラになっちゃう気がして。

「レン、大丈夫だ。すぐに行くから屋敷の中に入っていてくれ」

僕は首を横にぶんぶん振ります。ルリ達も一緒にね。それを見ていたドラちゃんを抱っこしているドラゴンお父さんが、僕達は中に入れって言いました。

「スノーラ、お前ならば、中からでも結界が張れるだろう。外側は我らが張る。お前は内側を中心に頼む」

どうやら街とお屋敷に、何重も結界を張るみたい、だから外側はドラゴンお父さん達が張るから、お屋敷の方をスノーラが張ってくれってことみたい。

「すまない、助かる」

「フッ、ほらサッサと入れ。息子よ、お前も付いていきなさい」

「うん!!」

こうして僕達はお屋敷の中へ入ります。

帰ってきた、僕帰ってきたよ。みんなの所に帰ってきたんだ!!

お屋敷に入って、僕達はいつもまったりしている部屋に行きました。

そこでお兄ちゃんに挟まれてソファーに座った僕。ルリとアイスは僕の両肩に座ってます。スノーラは僕達から離れて、窓の方に行きます。

スノーラが僕から離れようとした時、僕は思わず洋服をギュッと掴んじゃいました。でもスノーラは結界を張るだけだから待っていろって。そうだよね、さっきそんな話をしていたもんね。

そう思い出したんだけど、やっと止まってきた涙がまたポロポロ。そんな僕を落ち着かせようと、お兄ちゃん達が僕の隣に座って手を握ってくれました。

僕達から離れたスノーラは、結界を張りやすいように、外の様子を見ながら手を上げます。それですぐに僕の所に戻ってきて、レオナルドお兄ちゃんと交代。

もう終わったの？　って聞いたら、頷いてました。僕達に結界を張る時も、お屋敷に結界を張るのも一瞬だったよ。

それでね、僕思ったんだ。今お屋敷の周りにいっぱい結界を張っちゃったら、騎士さん達が出入りできないんじゃない？

だって今帰ってきた時、街の中では騎士さん達があちこちバタバタ動いていたんだよ。あの中に、いつもお屋敷で働いている騎士さん達もいるんじゃないかなって思ったんだ。その騎士さん達が戻ってきたら屋敷に入れないよ。

「きしゃん、はいりぇにゃい？」

「ああ、それはな……」

スノーラが丁寧に説明してくれました。

僕がいなくなってからすぐ、ローレンスさんが指示を出して、一定の人しかお屋敷に入れないようにしていたんだって。例えば冒険者ギルドマスターのダイルさんとかサブマスターのスレイブさん、商業ギルドマスターのニールズさん達ね。

それから、こういう非常事態が起きた時のために、連絡係も決めてあって、基本その人達しかお屋敷には来ません。いちいち確認しないと入れないような人は、そうそう来ないみたい。ただ、逆を言えば、そういう人達が来て場合は要注意ね。

入ってもいい人が来た場合は、スチュアートさんの部下の人が、あの震える鉱石で知らせてきます。今度は青色に光りながら震える鉱石だよ。もう一つ別の鉱石も用意してあるんだけど、それは赤色に光って震えます。

そっちの赤色の方は不審者が来たってお知らせだって。青色の人だけ入れるんだって。

「ん？　戻ってきたか？」

そんなことを話している最中、スノーラが窓の方を見て立ち上がります。

それでレオナルドお兄ちゃんを呼んで、またお兄ちゃんが僕の隣に座りました。

「エン達が戻ってきた。他にもここへ連れてきたい者もいるのだが……ローレンスいいか？」

「先程の男達か？　大丈夫なのか？」

「ああ。難しい連中ではあるが、信用できる者達だ。これから奴らと戦うのならば、あの者達の力が必要になる」

「……分かった。スノーラがそう言うのならそうなんだろう」

ローレンスさんの許可を貰ってて、今回はスノーラが自分から迎えに行って、中へ入れることにしました。

ドラゴンお父さんのことは、お屋敷で働いている人達は知っているけど、他のあの怪我治し黒ローブとかは分からないからね。

それにどれくらい、怪我治し黒ローブの仲間が来ているか分からないから、それも確認しながら迎えに行くって。

せっかくスノーラの隣に座れたと思ったのに。やっと止まった涙がまたじんわりしてきます。

そんな僕を見て、ローレンスさんがスノーラに言います。

「すぐ戻ってこい、レンが一番落ち着くのはお前の側なんだからな」

「分かっている。レン、すぐに戻ってくる。そうだな、窓から玄関前を見ていろ、きっとお前達は驚くぞ」

そう言って、いつも通り窓から外へ出て行くスノーラ。

面白いもの？　エイデンお兄ちゃんに抱っこしてもらって、レオナルドお兄ちゃんも一緒に窓の所へ。数分後、玄関前は大変なことになりました。

エイデンお兄ちゃんが驚いてローレンスさんを呼んで、ローレンスさんも外を見たんだけど、走って部屋を出て行ったよね。セバスチャンさんも窓の外を見て、おやおやって言いながら、いつも通りのゆっくりした感じで部屋から出て行って。

僕も今まで不安だった気持ちが、かなり落ち着いたよ。それどころか僕も玄関に行きたくなっちゃった。ルリとアイスは僕の肩でピョンピョン跳《は》ねて興奮しているし。

「いっぱいにぇ」

『うん！　いっぱい！』

『もこもこ魔獣もいっぱいなの！』

あのね、今玄関前は、怪我治し黒ローブが先頭で、他にも僕達と一緒に森の上を走った人達でしょう、あとそれ以外に、同じ洋服を着た人達がいっぱいです。四十人から五十人くらいいるんじゃないかな？

それだけじゃありません。魔獣姿のスノーラの二倍から三倍くらいの大きさの、丸っこいモコモコしている魔獣さんがいっぱいいました。僕達が気になってるのはそっちね。

多分、怪我直し黒ローブの仲間の人達分の魔獣さんがいるんじゃないかな。クエクエ、ピュイピュイって声が聞こえるから、もしかしたら鳥さん魔獣かも。

「おにいちゃ、ぼくもいきちゃい」

「あ、いや、ちょっとここで待ってようね。きっと父さん、今パニックになってると思うし」

「確かにな。でもあれってやっぱりあれだよな。スノーラの言った通り、なんでここにいるんだ？しかもあんなに大勢」

どうしても玄関に行きたくて、お兄ちゃんの肩をペシペシ叩く僕。真似してルリ達がペシペシ叩いて。でも、お兄ちゃん達は玄関を見たまま、とっても驚いた顔をしています。

あっ！　ローレンスさんだ。ん？　なんか動きがおかしいような？

「父さんも会うのは初めてかな？」

「多分ね。おじい様は一度だけ、何かで会ったって聞いたことがあるけど」

「もこもこしゃん！」

『乗ってみたい！』

『モコモコなの!!　きっと気持ちいいなの!!』

「レン達は楽しそうでいいね。これは結構、いやかなり大変な出来事なんだけどね」

ん？　大変？　何が？

それから少し経って、玄関前は騒がしいまま、怪我治し黒ローブと他に数人が、スノーラ達と一緒にお屋敷の中に入ったのが見えました。

それとほぼ同時に、玄関にいたはずのセバスチャンさんがいつの間にか戻ってきていたのに気付きました。

何かと思ったら、僕達を呼びに来てくれたんだって。これからみんなでお話し合いだから、客室へ移動するみたい。

廊下を歩く僕達。そうそう、ブローはずっと僕のポケットに入ったまんまです。さっき逃げてくる時に、落としちゃいけないと思って。しっかりポケットに入れて、ボタンを閉めて連れてきていたんだ。

最初、怪我治し黒ローブは、しっかりブローを握っていろって言ったでしょう？　だけど途中でやっぱり僕だと危ないと思ったのかな？　危ないから渡せって言ってきました。

でも助けてくれたけど、やっぱり全部は信用できなくて。だから僕のポケットに入れてきたの。入れる時は、怪我治し黒ローブが手伝ってくれたよ。

客室へ移動しながら、ボタンを外して覗いてみたら、ブローは魔法陣にいた時よりもいいけど、やっぱり顔色が悪いまま寝ていました。

ルリが覗いてきて『誰？』って聞いてきたから、ブローのことを簡単に説明したよ。

僕達を助けてくれた、とっても凄い闇の精霊だって。

そしたらそれを聞いていたお兄ちゃん達がビックリしていました。

「精霊!?」

「なんで精霊が、レンのポケットに入ってるんだ!?」

「お二方、それもきっと今からお聞きできるかと。まずは客室へ」

セバスチャンさんに促されて、僕のポケットを覗き込みながら進むお兄ちゃん達。僕はそっとポケットのボタンを閉めます。

そんなに首を伸ばして見なくても……ルリとアイスじゃないんだから。

そうだ、それより、後でポケットにワタを入れてあげようかな？　ふわふわの方が寝やすいよね。

あっ、でも狭いか。

う～ん、ルリのベッドを借りられたら借りようかな。

と、ここでハッ!! とする僕。

僕達の部屋は？ 卵は!? ローレンスさんやお兄ちゃん達から貰ったおもちゃは!? それに宝物は!?

「おにいちゃ、ぼくにょおへや、ぼりょぼりょ!?」

「え？ あ、確かにボロボロだけど」

「たみゃごだいじょぶ!? おもちゃだいじょぶ!? たかりゃもにょだいじょぶ!?」

「あ、それなら大丈夫だぞ。な、ルリ」

『うん、お部屋ボロボロだけど、卵も他も全部大丈夫。僕とお兄ちゃんで全部探して、もうスノーラにしまってもらった。だから大丈夫』

ふぅ、よかった。慌てちゃったよ。後で卵にもただいまを言おう。

安心した僕は、次にルリのベッドの話をしようとして、でも話す前に客室に到着しました。中にはまだ誰もいなくて、でもいつもよりもたくさんソファーが置いてあったよ。これからいっぱい人が来るからね。

僕達はいつもの僕達のソファーへ。座ってからすぐルリに、ルリのベッドのことを聞きました。そうしたらルリのベッドも無事で、今はスノーラが持ってくれてるみたい。ルリにブローを寝かせたいから貸してって聞いたら、いいよって。

よし、スノーラが来たら出してもらおう。

少しして廊下がザワザワして、セバスチャンさんがドアを開けたら、ローレンスさん達がぞろぞろ入ってきました。

ローレンスさん、何とも言えない顔をしていたよ。ビックリしているような、困っているような、疲れているような。大丈夫かな？

スノーラはすぐに僕達の所へ。スノーラの後にはスチュアートさん達騎士さんが五人。

その後に怪我治し黒ローブとその仲間の人達が三人入ってきて、セバスチャンさんがソファーに座ってくださいって案内しました。

ん？　あれ？　怪我治し黒ローブの雰囲気が……というか見た目が、今までの怪我治し黒ローブと違っていました。こう、耳が少し尖っていて、それから髪の毛もサラサラって感じだし。

それに目の色も、前は茶色だったけど今は金色で。さっきまでは、そんな姿じゃなかったよね？

疑問に思った僕。アイスも気がついて、僕にこそっと、なんか姿が違うって言ってきました。ね、やっぱり違うよね。

気になったけど、でもこれから話し合いみたいだし。結局何も聞けないまま、先にスノーラにルリのベッドにしている籠《かご》を出してもらう僕。

元々ふかふかのタオルが入っていたけど、さらにワタを追加してもっとふかふかに。それからブローをポケットからそっと出して寝かせてあげました。

あと、とってもいい匂いのお花を周りに置いたよ。そっちの方が安心するし、落ち着くかなって。

部屋の中もお花のいい匂いが。

「しゅのー、ぶりょー、げんきにゃい。ひーりゅちて」

「少しは体力が戻るかもしれんが、奴との繋がりを切らんことにはな……それにしてもよくここまで連れてこられたな」

「ちゅかんで、もってきちゃ。ちゅぶちしょうににゃっちゃ」

「……よく連れてきたな」

「おとしちゃうとだめ、だからぽけっといれちゃの。でもしゃいちょ、いれようとしたとき、おとししょうになっちぇ」

「待て待て、一気に話すな。最初ポケットに入れようとして、落としそうになったのか？」

「俺が支えたが、頭からポケットに詰め込んでいたな」

勝手に話に入ってきた怪我治し黒ローブ。僕が説明しているのに、入ってこないでよ。

「……本当によく連れてきたな」

スノーラがヒールをかけてくれます。すぐに少しだけ顔色がよくなったブロー。でも寝たままなの。

スノーラに「どうちて？」って聞いたら、あのディアブナスとの繋がりってやつ、あれが切れないと今は起きないかもって。

「ちゅにゃがり、わかんにゃい」

「目に見えるものではないからな。簡単に言えば目に見えない鎖《くさり》が、ブローとディアブナスを繋いでいるのだ。その繋がりのせいで力を奪われ続け、今ブローは眠りについている。分かるか？」

スノーラじゃなくて、怪我治し黒ローブが説明してくれたよ。

目に見えない鎖かぁ。何か魔法を使えば見えるようになったりしない？　それで剣でも魔法でもいいから使って鎖を切って、ディアブナスとの繋がりを切るの。

ブローを寝かせたルリ用の籠は、エイデンお兄ちゃんが持ってくれます。

そんなお兄ちゃんは、この子が精霊？　ってじっと見つめていたよ。レオナルドお兄ちゃんも興《きょう》味津々《みしんしん》。

僕達がこんなことをしているうちに、全員がソファーに座って、セバスチャンさんが飲み物を運んできました。

「よし、まだ全員揃っていないが、時間がないから話を始めるぞ」

ローレンスさんがそう言いました。

「皆も気付いていると思うが、スノーラから説明をしてもらう。が、時間がないのでな。重要な話だけして、後はディアブナスに備える」

スノーラが僕の頭を撫でながら話を始めました。

「ローレンスの言う通り、さっさと話を終えるぞ。まず前提として、ディアブナスが不完全とはいえ復活した……そしてこいつらは、ハイエルフ達だ。そこの男はこのハイエルフの部隊を率いている者で、名はユイゴと言う。それと隣からバイアス、アーティスト、ブリアードだ」

今スノーラ、ハイエルフって言った!?　エルフってあのエルフ!?

「けがなおち、くりょりょーぶ‼　ゆいご‼」

『ねぇねぇ、黒ローブを着ているってことは、やっぱり悪い奴？』

『でも、レンのお怪我治してくれたなの。それからご飯もくれたなの』

ルリとアイスが好き勝手に言っていると、怪我治し黒ローブ改めユイゴさんが首を傾げます。

「……この子供は何と言ったんだ？」

『怪我治し黒ローブって言った』

『名前知らなかったなの。だから怪我治し黒ローブなの』

「そう言っていたのか。毎度聞いたのだが、何と言っているのか分からなかった。なるほど、怪我治し黒ローブか」

「何だよユイゴ、名前言ってなかったのか？　怪我治し黒ローブ。プッ、なんかジワジワくるな」

「ブリアード、ユイゴ様に向かって！」

アーティストさんがブリアードさんにそう言うけど、それより気になることがあります。

「ゆいご、ちがう」

『違うなの』

「違う？　なぁ、違うって何がだ？」

ブリアードっていうハイエルフさんが聞いてきたから、さっきまでのユイゴさんと見た目が違うってことを、なんとか説明した僕達。

「ああ。それは薬と魔法で姿を変えていたんだ。奴らのアジトに潜入し、奴らを調べるために。今

の姿ではすぐに気付かれ、何もできずに余計事態が悪くなるだけだからな」

そっか。うん、確かにそうかもね。

最初に会った時、ユイゴさんが今の姿だったら、僕もエルフ？　って思ったかも。この世界のエルフが、どんな姿をしているか知らなかったとしてもね。もしエルフじゃなくても、普通の人間だなんて思わないよ。

納得した僕達。話をするから静かにしていてくれってスノーラに言われて、僕もルリ達もみんなで口を手で押さえます。ルリは羽だけどね。

それでブリアードさんは、さっきの傷治し黒ローブって言葉を思い出したのか、思い出し笑いをして、アーティストさんに怒られていました。

それからスノーラが、今の状況について教えてくれました。

ディアブナスとコレイション達は今、どこかで態勢の立て直しをしているところなんだろうって。完全に復活する前に僕達が逃げ出して、しかも僕達を逃がさないように攻撃したせいで、動けなくなっちゃったんじゃないか、っていうのがスノーラの予想です。

本当は完璧に復活していない今のうちに、倒せれば倒したかったけど……あの逃げてきた時点で、簡単には倒せないくらいには力を取り戻してたみたい。

しかも今動いていないのも、やろうと思えば動けるけど、復活寸前まで力を戻したいから、なるべく動かないようにしているだけなんじゃないかって。

昔も同じようなことがあって、その時にどこかの国の人達が、ディアブナスが動けないと思って、きちんと準備をしないで攻め込んだそうです。でも一瞬で全員やられて、国自体もなくなっちゃったみたいなんだ。

「まぁ、あ奴らはただのバカの集まりだったし、その後の戦いには問題がなかったから別にいいのだが。いや、奴らがいなくなったおかげで、他の国との連携が取れるようになって、逆によかったな」

それ、どうなんだろう？　と、それはいいんだけど。

もし復活する前のディアブナスを攻撃できたとしても、他にも問題があるそうです。

スノーラはさっき、どこかでてって言ったでしょう？　その場所がね、しっかりと分からないんだって。それはドラゴンお父さんやユイゴさんも同じ。

スノーラ達は今、みんなの気配を上手く感じられなくなっています。今回のことでその原因が、ディアブナスが復活することによる影響と、コレイション達の変な魔法による影響だって分かったけど。

ディアブナスの強い悪の力が、広範囲に広がっているせいで、ディアブナスがどこにいるって、しっかり確認ができないみたい。あっちから強く気配を感じたと思えば、次の瞬間には別の場所から気配がするようになっちゃってるって。

しっかり分からないまま、無理やりディアブナスを倒しに行って、その気配が偽物で後ろからやられる可能性もあるそうです。それはダメだよ。

ただそんなディアブナスだけど、完全に復活するために、またブローや僕を手に入れようとして、必ず街に来るはず……らしいです。

ならその前にしっかりと準備をして、確実にディアブナスの存在を確認した上で、攻撃した方がいいって。

ルストルニアを、奴を倒すための主戦場にするって決めたみたい。

でもここで戦うっていうことは、ルストルニアに住んでいる人達が危険に晒《さら》されるってことだよね？

そう心配した僕だったけど、でももうそっちは、対策が始まっていました。

なんとローレンスさん、この街に地下道を準備してたんだって。お屋敷の端っこのお部屋、あそこにも逃げる地下道があったけど、それとは別に地下道を作っていたみたい。

その地下道を知っているのは、ローレンスさんの家の人達と、ダイルさんとスレイブさん。それからニールズさん達、つまり大きな組織の偉い人達。限られた人しか知りません。

しかも地下道は僕がルストルニアに来る一ヶ月前にできたばっかり。何てタイミングのいい。

「安心してくれ、地下道を作ったのはうちの人間だ。だから他の人間が作るよりも、しっかりとできているぞ」

なんと！　地下道を作ったのは、このお屋敷の使用人さん達にメイドさん達、それから庭師とか。全員ローレンスさんの所で働いている人達でした。そんなこともやっちゃうなんて……なんか、なんでもできすぎじゃない？

それで今、住人達はその地下通を使って、騎士さん達に誘導されて、この街から避難をしている途中なんだって。

地下道の行き先は、魔獣の少ない、しかも草食の魔獣しかいない珍しい林なの。他にも危険なものはないいし、安全も確認済み。夜でも一般市民が平気で歩ける林です。

だからまず、そこにみんな避難をしてもらうんだよ。林に着いた後のことは、避難の誘導にあたっている騎士さんに頼んであるから大丈夫。非常事態が起こった時、市民を逃がすための訓練をした、特別な騎士さんだって。

だからローレンスさん達は、「避難のことは考えず、しっかりと戦う準備ができるぞって言ってました。

それでさっそく、作戦会議です。

まずは街の部隊の配置からね。騎士さん達の半分くらいは街の外壁に。それからハイエルフさん達の部隊も外壁へ。ユイゴさんとアーティストさんの二人は僕達の近くにいて、僕やルリ達、それからブローを守ってくれるって。

それから、冒険者さん達も壁と街の中とで分けて、街全体に人を配置します。ダイルさんとスレイブさんは今頃冒険者達に指示していて、ある程度指示が終わったら、後は他の職員に任せて、ここへ話をしにくるんだ。

全体的な指示を出すのはもちろんローレンスさん。それから街を区切って、それぞれに部隊長を配置。ローレンスさんの指示でその人達が動きます。

どんどん話を進めるローレンスさん。

まぁ、それぞれに色々あるらしいけど、僕、途中でよく分からなくなっちゃいました。誰が何をしてって、色々役割があって。うん、まぁ、その辺はいっか。

「スノーラ、俺達はお前が守ってほしいと言った場所に着くが、戦い方はこちらの好きにさせて貰うぞ」

ユイゴさんの言葉に、スノーラは頷きます。

「分かっている。その辺は好きにしてもらっていい。本来なら人前に出てこないお前達が、ここにいてくれるだけで、我らの動ける範囲が変わるからな。本当に助かる」

「おい、我はお前達と行動してもいいか？　人間と行動するよりも、お前達と行動した方が力を使いやすい。我の攻撃のせいで、逆に人間を殺す可能性があるからな」

ドラゴンお父さんもそう言って、ハイエルフのみんなと一緒に動くことにしたみたい。

「それは問題ない。俺達も人間達よりもエンシェントドラゴンと行動した方が楽だからな。バイアス達が前線に立つから、そこに合流してくれ」

「分かった。それと我の名はエンだ」

それからユイゴさんがバイアスさんに、聞いたことがない言葉で何かを話すと、バイアスさんが窓から出て行きました。

首を傾げていたら、自分達の話はほとんど終わりだから、先に動いたんだってユイゴさんが教えてくれました。

というか、もう窓を出入り口にしちゃっていいんじゃないかな？　だってみんな窓から出入りするんだもん。ローレンスさん達はちゃんと玄関から出ろって言うけど。

バイアスさんがいなくなった後も、ローレンスさん達の話し合いは続きます。

でもディアブナス達が来ちゃうといけないからね。早く話し合いは終わって、みんながそれぞれ街へと出て行きました。


みんなが部屋から出て行ってから、僕達はエイデンお兄ちゃんと、僕達の壊れちゃったお部屋……じゃなくて、一階のお客さんが来た時用の部屋に行きました。

そこには僕達のおもちゃが置いてあったよ。

みんな大事なおもちゃだけど、その中でも大事なおもちゃはスノーラに持って行ってもらってます。ここにあるのは、ルリやドラちゃんが落ち着けるようにって、セバスチャンさんが壊れた部屋から全部探してきてくれたものらしいです。

「帰ってきてずっとバタバタしてたからね、とりあえずレン達はちょっとゆっくりしようか。またいつ騒がしくなるか分からないから」

エイデンお兄ちゃんがそう言うと、セバスチャンさんがお茶と小さなケーキを運んできてくれました。

部屋には小さい椅子も用意してあったから、僕はそれに座って、エイデンお兄ちゃんが冷ましてくれたお茶をゴクゴクぷはぁ！　すぐにセバスチャンさんがおかわりを注いでくれます。

ルリ達もゴクゴク、ムシャムシャ。

ルリ達は僕達が消えてから、僕達のことをずっと心配していて、あんまりご飯が食べられなかったって、エイデンお兄ちゃんが教えてくれました。

ごめんね、ルリ、ドラちゃん。心配かけちゃって。でも僕達帰ってきたよ、もうどこにも行かないからね。

お茶とケーキのおかげで、ちょっと落ち着いた僕達。その後はいつでも寝られるように、ソファーをくっつけて、簡易ベッドを作ってくれました。

その上で、みんなでゴロゴロ。う～ん、いいなぁ。このゴロゴロ、帰ってきたって感じで嬉しいよ。

と、そうだ、僕聞きたいことがあったんだ。

スノーラの昔のこと、それからマサキさんのことでしょう、後はディアブナスのこととか。色々だよ。

「おにいちゃ」

「何だい？　何か欲しいの？　用意できるものならすぐに持ってくるよ」

「あにょねぇ、すにょー、むかちたたかっちゃ？　ましゃきしゃと、いっちょ」

「ああ、そのことね。流石に僕もその時は生まれてなかったからね。詳しい話は分からないけど……セバス、あの本持ってこれる？」

「すぐにお持ちします」

セバスチャンさんは部屋から出て行くとすぐに戻ってきて、その手にはとってもとっても分厚い本がありました。

え？　って思うくらいの分厚さで、僕の顔が隠れちゃうんじゃってくらいなんだ。

そんな分厚い本を片手で、お茶を運んでくる時みたいに手の上に載せて、軽々と持ってきたセバスチャンさん。どれだけ力持ちなの？

そんな分厚い本を渡されたエイデンお兄ちゃん。お兄ちゃんもひょいって持ってます。

そしたらルリとアイスが寄ってきて、本を持とうとしました。みんなもおかしいと思ったみたい。だけどもちろん、二匹が本を持ち上げることができるわけもなく、僕も一緒に持ち上げようとしたんだけど、全然ダメだったよ。

ドラちゃんはヒョイって持ち上げていたけどね。流石、小さくてもドラゴン。簡単だよって言って、ダンベルみたいにヒョイヒョイしていました。

そんなドラちゃんから本を返してもらったエイデンお兄ちゃんは、本を開きながら話し始めます。

「まずは今の状況からかな。レン達にも分かりやすいように、話してあげないとね」

今の状況は、昔のこの世界の状況とほとんど一緒なんだって。

お兄ちゃんが生まれるずっとずっと前、もちろんローレンスさん達も生まれていなくて。そんな昔、スノーラ達はディアブナスと戦ったことがありました。

この世界全部が悪に染まっちゃう、それどころか世界がなくなっちゃうんじゃないかってくらい、ディアブナスは世界中を攻撃して、闇に包んじゃってたそうです。

それを止めたのがスノーラ達でした。

その仲間の中には、僕の前にこの世界に来たマサキさんもいたそうです。スノーラとマサキさん、マサキさんの仲間や世界中の人達が、みんなで力を合わせてディアブナスを封印しました。

でもその数年後、なぜかは分からないけど、さらに強力になったディアブナスが復活しちゃったんだって。

みんながこれで世界が終わる。そう思った時、マサキさんが再びディアブナスを封印することに成功しました――自分の命と引き換えに。

マサキさんの奥さんや子供、スノーラ、大切な人達、そして世界を守るために……こうして世界には再び平和が訪れました。

それからずっと、この世界は平和でした。今回ディアブナスが復活しようとするまでは。

当時のディアブナスに関連する資料だったり、その時に世界的に禁止になった魔法や魔法陣だったりは、ベルンドアのお城のどこかに封印してあって、場所は国王様と一部の人達しか知りません。

でも今回、秘密が漏れたっていう話は一切なくて、だから今回のディアブナスの復活に、ローレンスさん達も他のみんなもとっても驚いているんだって。

「父さん達も、スノーラ達も、ハイエルフ達も他の人達も。みんなが今、このとっても厄介《やっかい》な敵に、ディアブナスに立ち向かおうとしているんだ」

みんながまじまじと、本に載っているディアブナスの絵を見ます。

『大丈夫！　スノーラ、とっても強い!!』

でもすぐにルリがそう言って、あの『やったぁ!!』のシャキーン！　のポーズをしました。それを見てアイスがルリの隣に走っていきます。

『うん、とっても強いなの!! 絶対に勝つなの!!』

って、シャキーン! のポーズ。それを見た僕もすぐに二匹の所に。

「しゅにょー、ちゅよい! だいじょぶ!!」

三人でシャキーン! のポーズをしました。ドラちゃんも『パパも強いからね!』って言いながら、僕達の後ろでシャキーン! のポーズ。

「ふふ、そうだね。みんなとっても強いからね」

そのままソファーの上で、スノーラ達が戦う真似をする僕達。お兄ちゃんがキリッとした顔をしているのに気付かなかったよ。

「大丈夫、レン達は僕が絶対に守るよ」

◇　◇　◇

「あれは何だ?」

「申し訳ございません」

ディアブナス様の言葉に、私、コレイションは頭を下げるしかない。

「確かにあの子供の魔力は我の力となり、我は完全に復活することができる。だが」

「まさかあのエルフ共に気付かれているとは……」

「ようやくここまで復活できたこと、それについてはお前に礼を言っておこう。だがいいか。それは今までのこと。我の復活を妨げるようなら、今ここにいる全員を我の糧にしてもいいのだぞ。少しは足しになるだろう。あの者達のように」

そう言うとディアブナス様は、奴らの攻撃により負傷していた者を、一瞬で自分の中へと取り込んだ。取り込まれた者は叫び声だけ残し、何も残さずその場から消える。

私の目の前にいるラジミールは、面影こそ残っているが、その人格はディアブナス様のものになっており、雰囲気や魔力も同様で、もはやラジミールではなかった。

そしてその体からは、気をつけなければ私でもすぐに気を失ってしまいそうなほどの魔力圧が放たれている。

先程その魔力圧にやられ何人か倒れ、そしてディアブナス様の糧となっていた。

「奴との、闇の精霊との繋がりは切れていない。あと半日もすれば、今可能な限りの力は溜まるだろう。後はあの子供を再び捕らえ取り込めば、私は完全復活を遂げることができる……いいか、もし次に失敗することがあれば、分かっているな」

そう言うとディアブナス様は目を閉じ、再び力を溜め始めた。

私はディアブナス様を見ているよう部下に指示すると、私達の計画を邪魔した者達の元へと向かった。

闇の精霊と子供が逃げると、それと交代するように我々を攻撃してきた者達。

まったく、余計なことをしてくれた。ハイエルフの部隊が来ているなど、まったく気付いていなかった。これに関しては完璧に私の落ち度だ。

ハイエルフとは、人間よりも遥《はる》かに高い頭脳と身体能力を持ち、そして魔法に関しても、私達には到底及ばないほどの力を持っている。そのためか、私達人間や他の種族を見下し生きている者達だ。

そして奴らは、見下している私達と関係を持たぬよう、外からは絶対に接触できないように、自分達の国に特別な結界を張り隠れて生きている。その場所を知っているのは各国の王だけという話だ。

そんなハイエルフ達も昔、ディアブナス様が最初に封印された時は、私達人間に手を貸していたらしい。まぁ、私達にというよりも、精霊や妖精達に手を貸したといった方がいいかもしれないが……流石に世界そのものがなくなるのはまずいと思ったのだろう。

やはりハイエルフと言うべきか、私が祖母から受け継いだ古文書によれば、ディアブナス様はかなり奴らに苦戦したそうだ。

そのため私は今回の計画を立てた時、ハイエルフや、同様に強力な力を持つ種族達に気付かれぬように細心の注意を払っていた。そういった者達がいるであろう場所を事前に特定し、そこは避けて準備をしてきたのだ。

私の調べが間違っていたのか、別の所から気付かれてしまったのか……私の祖先が残した資料だけでは、情報が誤っていた可能性がある。無理をしてでもベルンドアへ行き、過去の資料を奪っておくべきだったたか。

私はとある部屋へと向かう。

そこには先程捕らえ、まだディアブナス様に取り込まれていない、ハイエルフ達がいるのだ。

どうして計画が知られたのか、何が問題だったのか、これからのこともある。しっかり調べなくては。それにこちらに裏切り者がいないとも限らない。

私は早速尋問を始めた。

「いつから紛れ込んでいた?」

そう尋ねるが、ハイエルフは鼻で笑う。

「誰がお前達のような者と話をすると? 我々は誇り高きハイエルフ。お前達のような低能の者と話すことなど何もない」

その低能の者に捕らえられたのは、どこのどいつだ。簡単に捕まっただろう。

「ふん。アイツのせいでこんな目に、戻ったら覚えていろ」

このハイエルフ達は、子供と精霊を連れて逃げたハイエルフのことを恨んでいるようで、ずっと文句を言っている。

私は話しかけたハイエルフと、その隣にいた者に、あの魔法をかけた。

ジャガルガにかけた魔法……そう、体が干からびていく魔法だ。

これはラジミールの祖先が生み出したものだ。前回のディアブナス様が世界を支配しようとした時に、ラジミールの祖先はディアブナス様に仕えており、この魔法で、かなりの人間を殺したそうだ。

そしてその魔法はラジミールが受け継いでおり、私は奴からこの魔法を教わり、なんとか習得していた。

こいつらが情報を吐かなければ、ディアブナス様の糧にしようと残しておいたが、一人や二人、殺してもいいだろう。大した糧にはならないのだから。話をさせるためにも、奴らに恐怖を与えた方がいい。

そして私の考え通り、魔法をかけると、魔法をかけられた二人のハイエルフは、すぐにペラペラと話し始めた。

しかし、強く魔法をかけたため、全てを話す前に完全に体が消えてしまった。

それを見ていた他のハイエルフは……私が再び質問する前に勝手に話し始めた。そしてペラペラ喋った後は再び、逃げたハイエルフ達の文句を言い始めた。

ともあれ、これで原因が分かった。

情報は漏れたわけでもなく、私の計画に問題があったわけでもなかった。ただ単に偶然だったのだ。

それは、私がディアブナス様の力が封印されている鉱石を見つけ、監視されていたそれを別の鉱石とすり替えた時のことだったらしい。

一瞬の力の揺れを、たまたまこの近くに来ていた、一人のハイエルフが気付いたそうだ。瞬きほどの瞬間だったのだが……流石はハイエルフということか。

「まったくあいつは、長よりの直々《じきじき》の指示を持ってきた我々の話を聞かず、我々が到着した後も、勝手な行動ばかり。挙句勝手に逃げるなど、これだから能力の劣る奴は。アイツのせいで我々はこんな目に」

「まったくだ。これではダメだと私が指示を出せば、奴の部下も指示を無視して逃げ出して。後でしっかり長に報告せねば」

この者達は馬鹿なのか？　なんで生きて帰る前提なんだ？

私は今、私が殺したハイエルフ二人の死体の粉を足で軽く払い、ぎゃあぎゃあ騒ぐ残りのハイエルフ達を見た後、黙って部屋を出た。

先程ここへ来てすぐに、仲間のハイエルフがディアブナス様の糧になる所を見ただろう、そして今も私に二人殺されたばかりだ。自分達が生きてここから出られる、などと本当に思っているのか？

しかし、そうか……あの時、精霊と子供を連れて逃げたハイエルフ。そして捕まえた者達が言っていた、あの者達を残して逃げたハイエルフ達。

おそらく今回、本当にハイエルフを率いているのは、子供達を連れて逃げたハイエルフだ。そして後に逃げたのが、奴の直属の部下といったところだろう。

ハイエルフにも人間同様、使えない者達はいるらしい。まぁそいつらは、こうして捕まっているわけだが……

そしてこれから奴らと戦う上で、厄介な方が逃げてしまったと。

少々面倒なことになった。あの馬鹿な者達が相手ならば楽だったのだが、逃げたハイエルフ達が相手となると何があるか分からない。

特に子供達を助け、ハイエルフ達を率いている者は、ハイエルフの中でも、かなりの実力者のはずだ。

しかし、わずかではあるがまだ時間はある、こちらから子供を奪いに攻め入る前に対策を考えなければ。

◇　◇　◇

ここに来るディアブナスに対抗するため、みんなで準備を始めてから少し経って、最初の頃のバタバタした感じが静かになってきました。

担当の騎士さん達が外の壁を守りに行ったから、その分ちょっと静かになったんだね。でもまだまだバタバタしているけど。

いくら準備しても、したりないくらいだって、一度僕達の様子を見に来たローレンスさんがそう言っていました。

でも、準備をしすぎることに何も問題はないからね。できる限り、やれることはやらないと。

スノーラもとっても大忙しです。ドラゴンお父さんやユイゴさんに、こっちの今の状況を伝えに行ったり、向こうの様子を確認してきたり。

どうもハイエルフさん達は人や獣人さん達、それだけじゃなくて他の種族の人達と、あんまり関わりを持っていないらしいです。今回のディアブナスのことがなければ、もしかしたら一生会わない可能性もあったんだって。

そうそう、エイデンお兄ちゃんが読んでくれた図鑑に、色々書いてあったんだけどね。ハイエルフさんはエルフさんと違うんだって。

普通のエルフさんよりももっと頭がとってもよくて、それから身体能力も凄く高くて、魔法も上手く使える。全てが完璧、それがハイエルフさんなの。

そのせいか、どうにも他の種族を見下しているハイエルフさん達が多いみたい。

それを理由に人間に関わり合いたくないって、誰にも見つからない特別な場所に、特別な結界を張って生活しているらしいです。

らしいっていうのは、その特別な場所に辿り着ける人がいないから、本当にそんな場所があるのかって話になってるから。でも、昔確認された時にはそうだったみたい。

昔のディアブナスと戦っていた時に、国の代表がそこへ行ったとか行かなかったとか？　真実は分からないけど。

だからハイエルフ達が来た時、ローレンスさん達もみんなも驚いていたんだね。まさか他の種族が嫌いなハイエルフさん達がここにいるなんて、誰も思わないもん。

というか、能力だけで見下すってどうなんだろう。そういえばライトノベルとかに出てくるハイエルフとかもそうだったっけ？　いや、優しいハイエルフもいなかった？

でも僕、ユイゴさん達が、そんなに人を嫌っているようには見えないんだよね。

だって僕の傷を治してくれて、アイスが逃げた時もそれを隠蔽してくれたし、最後は僕とブローを助けてくれたでしょう？

それにさ、まぁ、ペラペラとじゃないけど、色々お話してくれたよね。

考えていたら、少し静かになっていた外がまたザワザワして、その後は廊下をバタバタ歩いてくる音が聞こえました。

そしてノックはあったんだけど、ノックをしながらドアが開いて、そこにはダイルさんと後ろにスレイブさんが立っていました。

アンジェさんに、ノックしながら開けないでくださいって怒られているけど、ダイルさんは何も言わずに僕の方を見ます。

それでニッと笑った後にドカドカ部屋に入ってきて、いきなり僕の頭を撫でてきました。

撫でてきた……というか、凄い勢いで僕の頭も体もグイングイン揺れちゃって、慌ててお兄ちゃんが助けてくれます。

それからスレイブさんが「失礼します」って、ちゃんと挨拶をしてから入ってくると、ダイルさんの横に立ちました。

そしてその途端、ダイルさんが膝をつきます。「グアッ!!」って、声を上げながらね。

「マスター、何をしているんですか！　勝手にドアを開けた挙句、力任せにレン君の頭を撫でて。貴方の馬鹿力でそんな風に撫でたら、怪我をしてしまいます！」

「い、いや、くっ。力任せって、別に俺は」

「レン君、大丈夫ですか？　後できつく言っておきますので。いくらレン君が心配だったとはいえ、貴方がレン君に怪我をさせたらどうするんです！」

「いや、だから」

睨まれて、少し小さくなったように感じるダイルさん、仁王立《におうだ》ちでダイルさんを睨むスレイブさん。僕もルリ達もただただビックリです。

スレイブさんが僕達の方を向いてきて、僕達はビクッとします。

でも僕達を見てきたスレイブさんは、いつものとっても優しい笑顔です。そしてそっと、僕の頭とアイスの頭を撫でてくれました。

「心配したのですよ。どこかへ連れ去られたと連絡が来て、私達も貴方を探しに行きたかったのですが、こちらの対応で行くことができなかった。本当に無事でよかったです」

僕達が連れ去られてからすぐに、フィオーナさんが連絡してくれたんだって。もしできるなら、僕達の捜索《そうさく》にあたってほしいって。でも街を守るために、ダイルさん達は僕の捜索をすることができなくて申し訳なく思ってたみたい。

僕が戻ってきたって聞いて、急いで準備を終わらせて駆けつけてくれたそうです。それにさっきの話し合いに参加できなかったからね。それについても聞きに来たんだよ。

頭を撫でてくれるスレイブさんの横、復活したダイルさんが来て手を伸ばしてきたんだけど、僕はちょっとだけ構えちゃったよ。

そんな僕を見て苦笑いをするダイルさん。それからさっきとはまるで違う、でも少しだけ強い撫で撫でをしてくれました。

「よく帰ってきたな。怖かっただろう？　頑張ったな、偉いぞ！」

そう言ってくれました。もちろんアイスの頭も撫でてくれて、僕もアイスもニコニコです。

「さぁ、時間がないから話を聞きに行くか。エイデン、ローレンスは屋敷にいるんだろう？」

「さっき帰ってきて、それから出てないはずだから、多分いつもの部屋にいると」

「私が案内を。いいですか、勝手にドアを開けないでくださいい！」

アンジェさんがそう言って、腰に手を当てます。

「悪い悪い、ガハハハハハッ！　つい嬉しくてな！　じゃあな、レン。今度は攫われるなよ！」

そう言いながら、またバタバタ廊下を歩いていくダイルさんと、その後ろを凄いため息を吐きながら付いていくスレイブさん。

みんな僕達をとっても心配してくれていたんだ。ふへへ、嬉しいなぁ。

僕は自然と笑顔になります。

その時でした。

# 第七章　消え始めるブローと、僕達の武器

『ううう……』

ちょっと苦しそうな声が聞こえて、慌てて声が聞こえた方を見ます。そう、声が聞こえた方には、ブローが寝ているルリ用の籠が置いてあるんだ。

今の苦しそうな声、ブローだよね!?

みんなすぐにブローの方へ行きます。僕も走っていきたかったけど、走るんじゃなくていつものよちよち走りに、しかも慌てているから、足が絡まって思いっきり転びそうになっちゃいました。

そんな僕をセバスチャンさんが、転ぶ前にひょいっと助けてくれて、そのまま抱っこして、ブローの所まで連れて行ってくれます。

みんながブローの周りに集まる中、ルリとアイスの間に顔を無理やり入れる僕。そうしたら僕の顔にぎゅうぎゅうルリ達が寄ってきて、僕のほっぺたが潰れれちゃいます。なんで寄ってくるの？と、そんなことをしているうちに、またブローが『う〜』って。

「ぶりょー？」

僕は静かにブローに声をかけてみます。それからルリ達も順番に声をかけて、最後はお兄ちゃんが声をかけました。

でも起きる気配はないブロー。スノーラにヒールをかけてもらって少しは顔色がよくなったけど、やっぱりちょっと苦しい顔をして寝たまんま。

もしかして僕とブローがいた、あの真っ暗な精神の世界にブローはいて、あいつに追いかけられていたりする？

僕にはブローみたいに精神に入ったりはできないけど、僕達がいっぱいブローを呼んだら、僕達の声が届いて、ブローのことを助けてあげられないかな？

色々考えた僕は、ルリ達にその話をしました。

今までずっと寝ていたけど、こんなに苦しそうなうなり声は初めて。あの精神世界から出られる場所まで、逃げてきているのかも。

あの精神世界でのことと、僕の立てた予想について、なんとか説明をした僕。

分かってくれたのはやっぱりルリ達。エイデンお兄ちゃんとセバスチャンさんは、僕が何を言ったかさっぱりだったみたい。

ドラちゃんが僕の代わりに、簡単にお兄ちゃん達に説明してくれて、お兄ちゃん達は分かってくれました。

「あんまり無理しない方がいいんだけど。でも確かにレンの言うことも分かるし、どうしようかな」

お兄ちゃんはうーんと腕を組みます。

でもやっぱり僕は、呼んだ方がいいと思うんだ。何回も助けてくれたブロー。今度は僕が、あの真っ暗な世界からブローを助けてあげるんだ！

それにね、よく分からないけど、今呼べば本当にブローが起きる気がするんだよ。

お兄ちゃんが考えているうちに、僕はブローを呼び始めました。

そんな僕を見て、あいかわらず僕のほっぺにぎゅっと寄って、ほっぺをつぶしたままのルリ達も、それからドラちゃんもブローを呼び始めました。

「わわ、みんな待って！　ってもう止まらないか。仕方ない、僕も呼んでみよう！」

エイデンお兄ちゃんも一緒に呼び始めたよ。何回も何回も大きな声で起きて、戻ってきてって心をこめながらブローを呼びます。

「ぶりょー！　おきちぇ！　こっちにきちぇ！」

『ブロー！　頑張れ!!』

『僕達、ここにいるなの!!』

『みんないるよ！　頑張って!!』

「ブロー、レンもみんなもここにいるよ。みんな君のおかげで帰ってこれたんだ。今度は僕達が君を呼ぶよ。だから頑張って」

呼び始めてどのくらいたったのか……一瞬ブローの手が動いたような気がしました。

僕がそのことを伝えたら、みんながもっとブローを呼んで。そうしたら次はハッキリと足が動いたんだ。

「ぶりょー！　ぼく、ここ!!　おきちぇ!!」

『……ううん』

そっとブローが目を開けました。

僕達ね、ブローに起きてほしかったけど、起きたら起きたで、ちょっと何か緊張しちゃって、みんな黙っちゃったの。

そんな中、ブローは目を擦って頭をふるふる。それから起き上がって手足を動かして、大きな伸びをしました。

『……あれ？　ここどこ？』

周りを見渡して、すぐに僕達に気付くブロー。

『なんでレン、そんなほっぺつぶして変な顔してるの？』

そう言ってきたブロー。

僕はルリ達をどかしてほっぺをモミモミ。それからそっと両方の手を出して、ブローを手の上に乗せた後、そっと抱きしめました。

「ぶりょー、おきちゃ!!」

『ブロー！　おはようなの!!』

『初めましてブロー！　おはよう！』

『僕も初めまして！　おはよう!!』

「まさか本当に起きるなんて。レン、あんまりギュッとしちゃダメだよ。ほら」

エイデンお兄ちゃんが僕からブローを受け取って、またルリ用の籠に戻します。

それからセバスチャンさんに、ブロー用のお茶を用意してってお願いしてくれました。すぐにセバスチャンさんが部屋から出て行きました。

「初めまして。僕はレンの兄でエイデンだよ。それからここは僕達の家で、ブローはレンと一緒に、ここまであいつらから逃げてきたんだ」

『え？　僕逃げてきたの!?　でも……う～ん。まだあいつと繋がったままだよね。どうして逃げられたの？』

「お前以外にも、レンを……そしてお前を助けようとした者がいたのだ。まぁ、お前達が逃げることができた一番の理由は、お前が命をかけて、レンを助けてくれようとしたからだが」

そんな声がして後ろを振り向いたら窓の所、スノーラが戻ってきていました。

それからユイゴさんとアーティストさんも、スノーラと一緒に窓の所にいます。うん、やっぱり窓を出入り口に変えた方がいいよ。

『あ！　スノーラだ！　じゃあレン達は無事に戻ってこれたんだね。僕もなんでだか、あそこから逃げられたんだ……』

それからスノーラとユイゴさんが簡単に、ブローに今までのことを話して、それから今どうなっているかも説明しました。

『そっか、ありがとう!!　僕を助けてくれて！　それからレン、みんなも。僕を呼んでくれてありがとう！　そうなんだ。僕、あの空間であいつに追われてて、捕まりそうになってたんだよ。それでもうダメだ、逃げきれないって思った時、みんなの声が聞こえて、それで頑張って逃げることができたんだ。本当にありがとう!!』

ブローはまだ顔色が悪いけど、でもニッコリと笑って、僕達にありがとうしてくれました。

ブローが起きてくれてよかった。あとはその繋がり？　をなんとかできればいいんだけど。

「う～ん、ちゅながり、けしぇにゃい？」

『繋がり？　見えない？　繋がってるのに見えない？』

『ボクも見えないなの。でも繋がってるなの？』

『繋がりって、そういうものじゃないんじゃない？』

『そうそう、繋がってるけど、これは目で見えないものなんだから』

繋がりを消せないか、僕達は話し合いを開始。

だって今もブローの力はディアブナスに取られちゃっていて、そのせいでブローは元気になれないんだ。しかもそれどころか、もう少ししたらブロー、力を吸い取られすぎて消えちゃうかもしれないって。

それを聞いて、ルリ達は大慌てです。僕も慌てちゃったよ。

いや、僕はなんとなく聞いていたけど、完璧に消えちゃうって思ってなくて。

こう、なんていうのかな。あの精神の世界から、出てこられなくなるだけだと思っていたの。

初めて会った時、ブローはずっと寝ていたでしょう？　その時みたいにずっと眠っているってことかなって勝手に思ってたんだ。

でも違いました。ブローはディアブナスに完全に取り込まれちゃうんだって。体ごと、精神も全部。僕達の前から完全に消えちゃって、ディアブナスの中で生きることになるの。ずっとずっと力を奪われ続けながら。

しかも、ディアブナスは力を溜めたら、街を襲ってくるに決まってます。

最後の仕上げ、自分が完全復活して、ずっと強いままでいるために、ブローを取り込まなくちゃいけないから。それに、僕も狙われてたみたいだし。ぜったいにここに来るよね。

あと、ディアブナスが近づいてくると、今以上に力を奪われる速度が上がっちゃって、またブローは動けなくなって寝ちゃうそうです。

だから僕達、詳しい話を聞いてとっても慌てたんだ。

それから早くなんとかして、ディアブナスとの繋がりを切らなくちゃって。

そうだ！　スノーラ達はとっても強いでしょう？　なんとかしてディアブナスとブローの繋がりを切ってもらえない？　そうしたら精神世界で追いかけられることもなくなるし。

繋がりを切った後はスノーラ達や、僕もスノーラに魔力を引き出してもらって、みんなのヒールでブローを元気にしてあげるんだよ。

それでとっても元気になったブローは、元の住んでいた場所に帰って、楽しい生活をするの。最後のはディアブナスを倒さないとダメだけど。

と、考えたことを、スノーラとユイゴさんに話してみます。

だけど、この繋がりの魔法はとっても強くて、魔法をかけた本人じゃないと切ることができないんだって。

もしかするとディアブナスがとっても弱っている状態なら、切れるかもしれないけど……でもこれは絶対じゃないみたい。もしかしたらって感じ。

一番確実なのは、完全にディアブナスを倒すことね。

「俺も何か方法はないかと調べたのだが」

『別にいいよ。これはしょうがないもん』

ユイゴさんは変な気配がしてから、ずっと色々な場所を調べていました。

でも最近は気配が定まらなくて、ブローを守ろうと思っていたんだけど、隙をつかれてブローを攫われちゃったらしいです。ブローが攫われた場所へ行ったら、もう攫われた後で、だから潜入したんだって。

「本当にすまない」

そう謝るユイゴさんに、スノーラが首を傾げます。

「しかしお前達は、いつから調べていたのだ？　我らが一連の異変について調べていたことも、その様子なら分かっていたはずだ。レン達を助けてもらっておいてなんだが、今我らと手を組むのならば、もっと早く接触してきていれば、今の状況にはならなかったのでは？」

「それは……俺も完全な指揮をとれる立場ではなかったのだ。あの馬鹿共の監視もついていたからな」

監視？　ユイゴさんは誰かに監視されているの？　もしかしてあの悪い人達？

「だが今、指揮をとっているのはお前か……見捨てた者達がいるだろう？」

最後の方、スノーラの声が小さくなって、何て言っているか分かりませんでした。でもなんかスノーラの表情は怖かったよ。

「俺達にも色々あるんだ。本当ならすぐにでもお前達と手を取り、こんな状況になる前に止めたかった。だが……」

「……そうか」

それからスノーラとユイゴさん達、エイデンお兄ちゃん達は、これからの話し合いを始めました。

ディアブナス達と戦うことについて以外にも、ブローを救うことについても話してくれています。

だから僕達も、僕達で話し合いをすることにしたんだ。

見えない繋がり。見えているなら、剣で切ってもらうとか、魔法で攻撃してもらうとか、スノーラやドラゴンお父さんに噛み切ってもらうとか、色々できたと思うんだけど。

ただでさえ、スノーラ達は無理だって言っているのに、さらに繋がりが見えないんじゃ……

やっぱりディアブナスに魔法を解いてもらう？　……そんなこと、ディアブナスがしてくれるわけないよね。

そしたらディアブナスが弱っているうちに、なんとか繋がりを解くしかないけど、こっちはもしかしたらの話だし。

ディアブナスをささっと倒せれば何も問題ないんだけど。

『う〜ん、分かんないの』

『何か、魔法が消せる魔法があればいいのにね』

『レンがシュッ！　って、魔法陣みたいに消せたらいいのに』

「シュッ!!」

アイスとルリ、ドラちゃんがそう言うので、僕は魔法陣をはたく真似をします。

『シュッ！　何それ？』

ブローが聞いてきました。そっか、ブローは僕が魔法陣消したのは知っているけど、寝ていたからやってるところは見てなかったもんね。

僕ね、魔法陣をシュッ！　とはたいて消せるんだよ。みんなは消せないけど僕だけ消せるの。だからもし繋がりが見えたら、魔法陣と一緒でシュッ!!　と消せたらいいなって。

一生懸命、そのことを説明します。

『へぇ、レン、そうやって消してたんだね。凄いねぇ。僕、何か特別な魔法で消したんだと思ってたよ。はたいて消すって。うん、やっぱりレンは面白い！』

それからも一生懸命考える僕達。

途中でセバスチャンさんが飲み物と、ちょっとしたご飯を運んで来てくれて、みんなでそれを食べながら話し合いを続けます。

「どのようなものを、お出しすればいいのか迷ったのですが」

「セバスチャンと言ったか。すまない、頂こう」

ユイゴさんとアーティストさんが、サンドイッチを持って、ちょっと見つめた後、食べ始めました。

「これは……とても美味しいな」

「このようなもの、初めて食べましたね。とても美味しい」

「ようございました」

二人ともサンドイッチを食べたの初めてみたい。

でも、よくある食べものなのに初めて？　思わずユイゴさん達を見ていたら、ブローが聞いてきました。

『ねぇ、レン、あれなぁに？』

ブローが見た方を見ると、そこには僕達のハリセンが置いてありました。

部屋を襲われた時に壊れちゃったかなって思っていたんだけど、ハリセンには傷一つついていなかったんだ。それどころか少し光っていたってルリ達が言ってました。

こう、ハリセン全体が、ポワッと光っていて。でもスノーラにしまってもらった時には、その光は消えていたみたいです。

サンドイッチを食べ終わったら説明するから待ってね。ベトベトの手で触ったら大変。

急いで残りのサンドイッチを食べたら、セバスチャンさんが魔法で水を出してくれて、みんなで手を洗います。

そして、すぐにハリセンの所へ。

まずは僕がお手本を見せます。

せーの！　ぱしゅ～！

う～ん、やっぱり変な気の抜けた音になっちゃう。けっこう練習しているんだけどな。

仕方ない、こんな音じゃダメ、ドラちゃんにやってもらおう！　僕達の中でドラちゃんが一番上手だもんね。

今度はドラちゃんがハリセンを鳴らします。

——パシッ!!

うん、やっぱりドラちゃんだね。ルルリア様やお兄ちゃん達、ケビンさん達よりもまだまだだけど、それでも僕達よりもいい音。

『へぇ、これおもちゃなんだ。それから武器って言われたの？　僕こんな武器、初めて見たよ』

ルルリア様のことや、ルルリア様がハリセンをどうやって使っているか。あとは僕達にルルリア様が直接ハリセンをくれたこと。それから、それを真似してセバスチャンさんが、他の人のハリセンを作ってくれたことを話しました。もちろんこの前の、ルルリア様のハリセン練習講座があったこともね。

『そっか、レンは神様とルルリア様に会ったんだね。僕はルルリア様に何回か会ったことあるけど、ハリセンは見なかったよ。こんな面白いものがあるなら、僕にもくれればよかったのに』

へえ、そうなんだ。

そうだ、ディアブナスを倒したら、みんなで教会に行ってみない？　それでルルリア様にお願いしてハリセンを貰えばいいよ。きっとブローサイズのハリセンを作ってくれるよ。それでまたルルリア様にハリセンを習おう！

『……そうだね。それがいいかもね』

ちょっと寂しそうな顔をしたブロー。

でもすぐニッコリ顔のブローに戻って、『他のおもちゃは？』って聞いてきました。

だから邪魔にならないくらいに、おもちゃを出してもらって、それをブローに見せます。

その間にスノーラ達は話し合いを一旦《いったん》休止して、またお屋敷の見回りに。でもすぐに戻ってきました。

スノーラ達が戻ってきてすぐに、ブローがスノーラ達に話があるって、スノーラ達の所に言っちゃいました。

僕達は遊んでいていいって言われたから、そのままハリセンで遊びます。

『ねぇねぇ』

「どうした？」

『そろそろだと思う、あいつを強く感じるんだ。もうすぐ僕はまた眠りにつく、今度は二度と起きない……そしてそのまま消えるよ。もしスノーラ達がディアブナスを倒しても、繋がっている僕も一緒に消える。さっきスノーラはディアブナスを倒せばって言っていたけど、本当は分かってたでしょう？　でもレン達にそんなこと言えないもんね』

「……」

『僕をあそこから助けてくれてありがとう、ここまで守ってくれてありがとう。本当はもう、あいつに吸収されていたはずだったから、少しだけでもまたレン達といられて、僕、とっても嬉しかったよ』

「……何も思いつかない俺が言うのも何だが、何か方法はないのか？　せめてお前の体だけでも吸収されなければ、後から復活させることも──」

『ううん、方法はないよ。分かるんだ。どんどんあいつに吸収されていってるのが』

「すまない、なんとかできればよかったのだが。レン達を救ってもらったのに、お前を救うことができないとは」

『気にしないで。言ったでしょう？　僕はレン達といられて嬉しかったって。それにスノーラ達がディアブナスを倒して僕も一緒に消えても、新しい闇の精霊が生まれるよ。もしこの近くにその子が生まれてきたら、その子のこと、お願いしてもいい？』

「ああ、もちろんだ」

『それともう一つお願いがあるんだ』

「いくらでも聞いてやる」

『僕と一緒に捕まった光の精霊がいるんだ。別の奴の所に連れて行かれちゃったけど、その光の精霊を助けてほしいんだ。あいつ泣き虫で、きっと今もどこかで泣いてると思う。確か連れて行った奴の名前はジャガルガ。今回の事件に関係がある奴だよ』

「そうか、そいつらが……分かった、絶対に助けよう」

『ありがとう！　……僕が消えたら、きっとレン達は泣くよね。スノーラ、レン達から絶対に離れないでね。それからレン達にありがとうって伝えて。僕も言うけど、もしかしたら言えないで、そのまま眠りにつくかもしれないから』

「……分かった」

『うん！　じゃあ残りの時間、レン達といっぱい遊ぼう！　少しの時間だけどね。本当にあと少しだよ、気をつけて』

「ああ」

『分かった』

やっとお話が終わったみたい、ブローが僕達の所に戻ってきました。

「ながかっちゃ！」

『はは、ごめんね。ねぇ、僕これに乗ってみたい！』

ブローが乗りたいって言ったのは、ローレンスさんのお屋敷に来た日に、エイデンお兄ちゃんに貰った、あの動く馬車のおもちゃでした。

後からアイスとドラちゃんの分も貰ったんだ。

「どじょ！」

僕の馬車に乗りたいって言ったから、動かし方を教えて、すぐに部屋の中を馬車が走り始めます。

『わぁ！　けっこう早いね！』

「ぶちゅからにゃい、しゅごいの！」

『うん！　凄いね!!』

と、ニコニコしていた僕、ハッ!!　としました。

ダメダメ、僕は遊んでいちゃダメだよ。なんとかブローとディアブナスの繋がりを切る方法を考えなくちゃ。ハリセンで忘れちゃっていたよ。

あ、ブロー達は遊んでいて。僕が考えるからさ。

近くの椅子に座って考え始める僕。

でももう、そんなに時間がないなんて思っていなかったんだ。

◇　◇　◇

「――ディアブナス様、準備は整いました」

私ディアブナスは、コレイションの声に目を開く。

「もうすぐ奴を完全に取り込むことができる。途中で逃げるとは思っていなかったが……やはり完全に復活していないこと、長い時間封印されていたこと、そしてこの体に慣れていなかったことが原因か。もしくはあの子供が……いや、考えても仕方ないな。おい、コレイション」

「はい。残りのハイエルフを連れてまいります」

「大した力にもならんが、ないよりはマシか。取り込んだら、すぐに奴らの元へ向かうぞ」

「はっ！」

次こそは完全に闇の精霊を取り込み、この世界を全て闇で包む。

あの時はあの忌々《いまいま》しい男に全てを封印されてしまったが、今こそ私が、この世界のもの全てを手に入れる時だ。

待っていろ、私を封印しようとしていた者達。お前達に最高の悪夢を見せてやろう。

ハイエルフ共が我の前に連れてこられる。ギャアギャアとうるさいハイエルフ共の口を塞ぎ、目の前にいたハイエルフから取り込んでいく。

仲間の末路《まつろ》を見たハイエルフ共の表情が変わり、絶望の色が浮かんだ。

なんといい表情だろうか、そして奴らの絶望感と言ったら。

全てのハイエルフを取り込み、自分の状態を確かめる。ほぼほぼ力は戻った。後は闇の精霊を取り込み、あの子供もついでに取り込めば、完全に我は復活するだろう。

子供を取り込むことで、あの頃よりも力をつけられるに違いない。

「行くぞ」

「はっ‼　あちらの居場所は……」

「分かっている。面倒な者達が少々いるようだが問題はない、このまま向かうぞ」

「かしこまりました」

「まったく、結界など、無駄なことを」

待っていろ、すぐに取り込んでやる。そして完全なる復活を‼

◇　◇　◇

「ぐっ⁉」

「リーダー⁉」

「ジャガルガ様⁉」

「大丈夫だ……」

俺、ジャガルガは、支えてもらいながら椅子に座り直す。

「やはり無理をしてでもそろそろ動くべきでは？　このままではジャガルガ様の体が……」

「大丈夫だと言ってるだろう。それよりもさっきと状況は変わらないか？」

「はい、ただ、先程よりも緊張は高まっているようです」

「そうか、そろそろだな。いいか、俺がいいと言うまで、絶対に動くなよ」

俺は指示を出し、自分もすぐに移動できるよう場所を移動する。

今の俺の体はかなりミイラ化が進んでいて、まだ動くことはできるが、それもいつまでもつか。

おそらくもう少しミイラ化が進めば、さらにスピードが上がるだろう。そうなれば歩くどころか、少しも動けなくなってしまう。だが――

本来ならすぐにでも奴らの所へ行って、この魔法を解かせたいところだが、今は動く時ではない。

俺の考えが正しければ、おそらく奴らの計画は失敗する。

ディアブナスが完全に復活してしまえば、どうせ俺達はこの世界で生きていけないだろう。

そうなればこのまま死んでしまっても別に変わりはない。

だが俺の考えが正しく、ディアブナスがまた封印されれば。その時のために、ギリギリまで動かない方がいい。

「リーダー、用意ができた」

「分かった、よし行くぞ！」

俺達はアジトを出ると、なるべく奴らの近くに向かう。

そしてその時が来るのを待ち――全てをかっさらう。

ハハハハハッ‼　見ていろ！　俺が全てを手に入れるんだ‼

◇　◇　◇

「だいじょぶ？」

『ごめん、大丈夫だよ。ちょっと疲れちゃっただけ。あいつに力を取られっぱなしだからね』

僕はブローに問いかけます。

だってブロー、さっきいきなり倒れちゃったんだよ。

それでとっても苦しそうな呼吸を始めて、体全体から、熱が発せられているみたいに熱くなって。

慌ててすぐにスノーラを呼んで、ヒールをかけてもらいました。

僕もやるって言ったんだけど……僕も攫われた時、少しだけど力を奪われちゃったでしょう？

だから今はダメだって言われちゃって。

それでブローは今、やっと落ち着いたんだ。

『ちょっとお休みする？』

『大丈夫だって。僕も遊んでた方が、気が紛れるし。それに気持ち的に元気になるんだよ』

『あんまり動かない遊びがいいかもなの』

『うん、そうだね。なんかそういう遊びあるかな？』

『遊ぶけど、具合が悪くなったらすぐに言って』

『分かった』

それで少し休んだ方がいいって言ったんだけど、ブローは遊んでいたいって。

座ったまま遊べるのは、やっぱりハリセンかな？　ぬいぐるみとかで遊んでもいいけど、ブローもハリセン気に入ってるしね。

僕がブローにハリセンを渡すと、すぐにみんながハリセンの練習を始めました。

そうそう、セバスチャンさんがさっき、ブロー用のハリセンを作ってくれたんだ。

ブロー、とっても喜んでいたよ。

僕もみんなの隣でハリセンの練習をしながら、また繋がりについて考え始めました。

本当に、なんとか繋がりを目で見ることはできない？　そうしたらスノーラ達に、なんとかしてもらえるかもしれないのに。

『パンッ！　なの！』

『パンッ！　う〜ん、いい音ならない』

『僕もあんまり変わんないなぁ』

『……!?』

みんなと練習していたブローが、ふらふらしながら僕の方に歩いてきました。

今、ブロー飛べないんだ。それくらい具合が悪いのに、なんで無理して歩くの！

僕が怒ろうとしたら、ブローが僕の手にすりすりしてきました。

『ねぇねぇ、レン』

「にゃあに？」

『あのね、僕、レンと会えてよかったよ』

「どちたの？」

ニッコリ笑うブロー。でもすぐに怖い顔になって叫びます。

『スノーラ、ユイゴ！　来るよ!!』

スノーラ達がバッ!!　とこっちを見ました。

僕もルリ達もビックリ。ブローは僕の方を見直して、怖い顔からまたニッコリになって。

それは今までで一番のニッコリでした。

『ありがとうレン。僕と一緒にいてくれて』

そう言って、ブローがその場に倒れました。

「……ぶりょー!?　ぶりょー!?　どちたの!!」

『ブロー！　大丈夫!?』

『大丈夫なの!?』

『ブロー！　どうしたの!?』

みんながブローの周りに集まります。

僕はそっとブローを手に乗せて、様子を確認。

ブローは目を閉じて、今までで一番苦しそうに息をしています。それに顔色も凄く悪くて、僕達の声が聞こえていないみたいでした。

他にも、今までにない変化が起きてます。

ブローの体が少し薄くなっている感じ？　足の方なんか完璧に透けていて、僕の手が見えていたんだ。

「しゅにょー！　ぶりょーが!!」

すぐにスノーラが僕達の所に来て、ブローを見てくれます。

ユイゴさんは手に弓を持って外を見張っていて、アーティストさんはいつの間にか、部屋からいなくなっていました。

「しゅの!!　ぶりょーなおちて！」

『早く早く!!』

『とっても苦しそうなの!!』

『それに体が！』

僕達と同じように、スノーが焦りながらヒールを使います。

「くそっ、今少しでも楽にしてやる！」

「スノーラ！　今アーティストに、奴らが向かってきていると伝えてもらっている！　お前はなんとかブローを回復させろ！　奴に取り込まれればブローは……それに次に狙われるのはお前の大事な者だぞ！」

「分かっている!!」

ユイゴさんの言葉に、スノーラが鋭く返します。

奴らが来る？　ディアブナスやコレイション達が、ついに街に向かってきたの？

もしかして、それでブローは倒れちゃったってこと？　足が透けちゃっているのは、あいつに吸収されそうになっているから？

た、大変!?　スノーラ、ブローを回復してあげて！　ダメだよ、ブローを奴に渡さないで！

スノーラがブローを回復してくれている間、僕達は何かができるわけもなく、それでも何かしたくて、ブロー頑張れ！　スノーラ頑張れ！　って応援をしていました。

でも前みたいにスノーラがいくらヒールをかけても、全然ブローの具合はよくならなくて。

と、その時ルリが、ブローの周りを羽でバサバサし始めました。

こんな時に何しているの？

そう僕が聞く前に、アイスが『何してるなの？』のって聞いて。

『繋がり見えない！　でもこうしたら少しでも繋がり弱くなるかも！』

それを聞いたドラちゃんとアイスが、ルリみたいにブローの周りを羽でバサバサしたり、手でバサバサしたり。

僕もやらなくちゃ！　少しでも、少しでもいいから、ブローとディアブナスの繋がりを弱くしなくちゃ!!

ルリ用の籠にブローを寝かせて、僕もみんなと一緒にブローの周りや、少し離れた所も一生懸命に手でバサバサします。

「ユイゴ様！　皆に伝えてきました。それと西の方、かなりの力が――」

「分かってる。完全に復活していないのにあの力、先程までとはまったく力が違う。ここまで回復させてくるとはな」

「ブローは？」

「……」

「……私はこのままここに？」

「ああ。もしブローが奴に吸収されれば、次に狙われるのはレンだ。何としてもレンだけは守らなければ。エイデンと言ったか？　お前もここでしっかりと弟を守れ」

「分かってます。大切な弟を守るのは当たり前です。命にかけても守ります！」

向こうでエイデンお兄ちゃんやユイゴさん達が何か話していたけど、僕達は今それどころじゃありません。

いっぱい周りをバサバサして、僕達は汗がダラダラ。それでも止めることなんてできません。さらに力を込めてバサバサをします。

「……？　何だ？　……スノーラ！」

「分かっている!!　レン、落ち着け!!」

ユイゴさんに何か言われて、スノーラが僕に落ち着けって言ってきました。

でもそんなこと言っている場合じゃないよ。なんとか繋がりを薄くしなくちゃ。

僕はもっと力を入れてバサバサします。

「レン！　ダメだ。変に魔力が溢れてしまっている！　無意識なのだろうが、無意識で魔力をこれ以上溢れさせるのは危険だ!!」

魔力？　何のこと？　僕はただ繋がりを薄くしようと動いているだけだよ。ブロー！　今、スノーラが頑張って回復してくれているからね、頑張って!!　僕達も諦めないからね！

「レン、ダメだ!!」

「おい、弟を止めに行け！　あれは危険だ!!」

「は、はい!!」

スノーラが僕にやめろって叫んで、向こうからはお兄ちゃんが走ってきます。

でも僕は思いっきりブローの横の所をバサバサ。

「ぶりょー！　ちゅながり、うしゅくしゅる!!」

バサバサからバシュッ!!　そんな感じでさらに思いっきり払った瞬間。

「にょ？」

僕、思わず止まっちゃいました。止まったのは僕だけじゃありません。

ルリ達もびっくりした顔で止まって、お兄ちゃんも僕の所に来た瞬間、それを見て止まりました。

ユイゴさん達も多分止まっていて、スノーラはブローの回復はやめていないけど、でも顔はそれの方を見ています。

あのね、ブローから壁の方に向かって、それから壁を突き抜けるように、黒いモヤモヤがまとわりついている鎖？　みたいなものが伸びていたんだ。

バシュッ!!　ってやったら、いきなり現れたの。

その鎖みたいなものは、ブローの体にぐるぐる巻きついていて、最後に体に直接くっついている感じです。

何これ？　なんでいきなり鎖が出てきたの？　この変な鎖、どうしてブローから出ているの？

「……まさか、これが繋がりか？」

スノーラがボソッとそう言いました。

すぐにユイゴさんがこっちにきて鎖を確認した後、アーティストさんに「鎖を辿れ」って指示を出して、お兄ちゃんの案内で部屋から出て行きました。

僕は思わず鎖を触ろうとして、スノーラ達に怒られちゃったよ。直接触るのは絶対にダメだって。僕にも悪いものだってことは何となく分かるけど、スノーラ達はこの鎖から、ディアブナスの力を感じるみたい。

「ユイゴ様！　鎖は屋敷から外へ出て、西の方へと続いています！」

すぐにお兄ちゃん達が帰ってきました。

鎖はお屋敷を出て、ずっとずっと向こうまで続いているみたいです。続きすぎているから、途中で戻ってきたって。

「やはりこれは、ディアブナスがブローを取り込むために使っている力だろう。だがなぜ急にこんな形で姿を現した？　本来なら繋がりは見えないはずだが……」

ユイゴさんが僕を見ます。スノーラ達も。

「魔力が溢れるのが少しは落ち着いたか。もしかしたら……いや、今は話している場合ではない。

せっかく鎖として見えたのだ、なんとかこれを断ち切るぞ！」

スノーラはブローを回復しないといけないから、お兄ちゃんやユイゴさん達が、鎖に攻撃を始めました。

◇　◇　◇

「何だこれは？」

突然、ディアブナス様の胸に鎖のようなものが現れ、私達が向かっている街へと伸び始めた。

私、コレイションは見たことがない鎖に首を傾げるが、すぐにディアブナス様は何かを理解されたようだ。

「急いで街へ向かうぞ」

そうおっしゃって、さらにスピードを上げた。

今のディアブナス様は完全と言わないまでも、それでもかなり力が戻ったらしく。これからあの闇の精霊と子供を取り込めば、昔以上の力を手に入れると聞いていた。

「ディアブナス様、それは一体？」

「これはおそらく、我と闇の精霊との繋がりが、目に見えるようになったものだろう」

「繋がり？　繋がりとは、精神的に繋がっている、目に見えないものではないのですか？」

「ふん、誰がやったかは大体予想はできるが。無理やり繋がりを可視化したらしい。これ以上何かされる前に急ぐぞ。それと……」

「はい」

「あの子供。もし少しでも、取り込むのに時間がかかるようなら……すぐに消すぞ」

あの子供、とはつい先程逃げられた子供のことだろう。しかし……

「消す？　あれほどの力を持っている人間は稀《まれ》です。確かに闇の精霊だけでも、ディアブナス様は復活できるでしょう、ですがあの子供を取り込めばより強い力が――」

「いや、少しでも時間がかかると判断した場合は、すぐに消せ」

「……了解いたしました」

返事をし、さらに進む速度を上げる。

一体どういうことだ？

あれほどの力を持つ子供が……いや、人間が、今この世界にどれほどいるか。そんな子供を取り込めば……昔以上の力を手に入れることができるのに。

いや……ディアブナス様がそうおっしゃるのだ。私はディアブナス様に従うだけのこと。これまでも、これからもそれは変わらない。ディアブナス様のおっしゃることが全てなのだから。

私は部下に目をやる。

「おい、話は聞いていたな。街へ着いたら、お前達は私についてこい。残りは予定通り街への攻撃を。ディアブナス様が完全に復活されるまで、絶対に誰にも邪魔をさせるな」

「「「はっ!!」」」

そのまま進み続けると、ディアブナス様の胸から伸びている鎖が、より濃くなり、ハッキリと見えるようになった。

「……おい。やはり奴らの元へ着いたら、先に子供を殺せ」

ディアブナス様はいつも通りの無表情だったが、その目は今までと違い、かなり鋭く街の方角を睨んでいる。

「……はい」

私は静かに返事をした。

そして数分後、普段よりも暗い街の明かりが見え、私達はそれぞれ分かれて街へと向かった。

◇◇◇

「リーダー！　やっぱり来るみたいだ！　騎士共もハイエルフの連中も戦闘態勢に入った‼」

「やっぱり来たか。いいかお前達。俺がいいと言うまで絶対に手を出すなよ！　コレイション達が勝っちまえば、どうせ俺達は終わりなんだ。だがな、俺の考えが正しければ、おそらく奴は……今余計な力を使うな！」

やはり来たか。俺、ジャガルガが考えていたよりも早かったが、ここまでは予想の範囲だ。

コレイションとラジミールが、ディアブナスを復活させようとしていると聞いた時は、流石に驚いた。しかしそれを聞いて納得もした。

闇の精霊が必要だったことも。ついでに子供が必要になったこともな。

あの子供の力を全て取り込めばかなりの力になり、完全復活をすることができるんだろう。だから俺達に手を引けと言ってきたのだ。

だが、奴らの計画は成功しないだろう。なぜと言われれば答えに困るが……おそらく奴は復活する前に、奴らにやられるはずだ。そう、あの子供達にな。

コレイションはあの子供の力を、ディアブナスに取り込ませようとしている。

しかしあの子供を、ただただ力が強い子供とだけ思わない方がいい。

あの子供には、俺達もコレイションも知らない、特別な力があるはずだ。

なにせ、神に直接会うほどの子供だという話だ。そこまであの子供を調べるのには、かなり苦労したが……例の秘薬を使って屋敷に潜り込んで手に入れた、信頼できる情報だ。

とにかく、そんな子供が普通の子供のはずがない。

そう考えていた俺のもとに、また部下が報告しに来る。

「リーダー、新しい報告が！」

「今度は何だ？　もう奴が攻撃をしてきて、結界でも破られたか？」

「違う、屋敷の方からだ。突然屋敷から鎖が伸びたってよ」

「は？　鎖？　なんだそりゃ」

「さぁね。だがその鎖が屋敷の外壁どころか、街の外にまで伸びているらしい。それから、その鎖を切ろうと、屋敷の連中が鎖を攻撃してるようだ」

なんだそりゃ？　どうして突然鎖なんてもんが出た？　しかも街の外壁を越えて外まで伸びているだと？

「繋がりがどうとか聞こえたが、それ以上は魔法攻撃の音と騒ぎで聞こえなかったってよ。それと、どこから伸びているか確認しようとしたが、流石に中までは確認ができなかったとさ」

繋がり？　この状況で繋がりと言えば……ディアブナスと闇の精霊との繋がりのことか？

屋敷から伸び外壁を越える鎖。奴らが向かってきている方角は……そうか、やはりそうか。この鎖は俺の予想通りのもののようだ。

ハハハッ、やはりディアブナスもそう簡単には奴らを取り込めそうにない。

もしあの鎖が切れれば、さらに俺の予想が現実に近づいてくるだろう。

「いいか、絶対に屋敷から離れるな、監視を続けろと伝えろ！」

「分かった！」

そうだ、やってしまえ。そうすれば俺が――

◇　◇　◇

鎖を切るために、ユイゴさん達は色々な魔法を使います。

それも、僕達が見たことがない魔法ばっかりなの。

今のは光魔法、さっきのは水魔法って、そういうのは分かるんだけど、それがどういう魔法かまではよく分かりません。

でも、凄い魔法っていうのは分かりました。パワーがね、凄いんだ。

僕はスノーラ達みたいに、その人がどのくらいの力を持っているとか分からないけど、そんな僕でも凄いって分かるんだよ。

エイデンお兄ちゃんも最初魔法で攻撃していたんだけど、途中から剣に魔法を付与して、鎖を切ろうとしています。でも剣が当たる度に、カキンッて弾かれて。今度は鎖に剣を刺して切ろうとして、グリグリしたけどそれもダメ。

何をやっても全然鎖は切れません。切れないどころか、傷さえつかないんだ。

この鎖、どれだけ頑丈なのさ。ささっと切れちゃえばいいのに。

そんな中、僕達はずっとブローに呼びかけていました。スノーラがずっと回復してくれているけど、ブローに変化はありません。

でもさっきブローが目を覚ました時は、僕達が何回もブローのことを呼んだら覚めたでしょう？

だから今度も、僕達が呼んだら起きてくれると思ったんだ。

「ぶりょー！　おきちぇ!!」

『頑張って起きて!!』

『起きてなの!!』

『起きないとブローに用意してもらったお菓子、全部食べちゃうよ!!』

「うん、おかちたべちゃう!!」

『全部食べちゃうよ！』

『食べちゃうなの!!』

ブロー、セバスチャンさんが用意してくれたお菓子、美味しい美味しいって、何回かおかわりしてたでしょ。まだテーブルに残っているんだよ。本当、早く起きないと食べちゃうよ！

その時でした。

ドラちゃんの動きが止まって、どうしたのかなって思って顔を上げたら、スノーラやユイゴさん達も止まっていました。エイデンお兄ちゃんもみんなの変化に気付いて、手を止めます。

「スノーラ、ユイゴさん、どうした……」

お兄ちゃんがそう言いかけたら、スノーラじゃなくてドラちゃんが叫びます。

『スノーラ！　また来た!!　レン達を攫った時に攻撃してきたあれだよ!!』

その瞬間、床や壁や天井から、あの黒い変なものの攻撃が、僕達だけじゃなくて、スノーラ達も襲ってきたんだ。

僕は急いで、ブローの寝ているルリ用の籠を抱きしめました。

スノーラは僕達から離れないで、その場で黒い攻撃に反撃します。ユイゴさん達も窓の方で、お兄ちゃんもドアの方で戦っています。

とりあえず最初の攻撃で、みんな怪我はしませんでした。

それはよかったんだけどね、でも黒いものの攻撃のせいで、みんなが鎖から離れちゃって、スノーラもブローを回復できなくなっちゃったんだ。

「この攻撃はおそらく、ブローの回復と鎖への攻撃を妨害するためのものだろう。ディアブナスにもこの鎖は見えているだろうからな。それとスノーラ、レン達を攫われないように気をつけろ！」

「分かっている！」

攻撃を弾きながら、ユイゴさんにそう返事するスノーラ。

僕はブローを見ました。スノーラが回復をやめたからかな。ブローの具合はまた一気に悪くなっちゃって、体が半分以上透明になってます。

もうすぐ消えちゃう。そんな感じがするんじゃなくて、絶対にもうすぐ消える。そう確信できました。

それに、そう考えたのは僕だけじゃなかったみたい。ドラちゃんがブローの頭をそっと撫でます。

『僕がやるよ！　スノーラやユイゴさん達よりも弱いけど、でもやるよ!!』

そう言って、鎖に魔法で攻撃を始めました。それを見たルリとアイスが、体にベルトでつけていたおもちゃの剣を手に持って、それで鎖をギコギコし始めたんだ。

『手で触るのはダメ。なら僕達も剣で攻撃!!』

『大きい本物の剣は持てないなの！　でも僕達のおもちゃの剣で頑張るなの！』

そう叫びながら、ギコギコギコ!!

僕はブローを見ます。それからスノーラ達を見てルリ達を見て。最後にもう一回ブローを見ました。

そして籠をそっと床に置いて、ドラちゃんみたいにブローの頭をそっと撫でました。

ブロー、待っていて。

立ち上がって僕も自分の剣を持ちます。もちろんルリ達が言った通り本物の剣じゃないし、それに魔法を使えるわけもない。

あれだけユイゴさん達やエイデンお兄ちゃんが攻撃しても切れなかった鎖。僕達が切れるわけもないけど、それでも何もやらないわけにはいかないよ。

もしかしたら、もしかしたら傷くらいつけられるかも。そうしたらその傷からスノーラに攻撃してもらって、鎖が切れるかもしれないし。

「ぼくもやりゅ!!　ぶりょー!　まっちぇちぇ!!」

勢いよく鎖をギコギコし始めました。

「何をやっているお前達!!　鎖から離れろ!!」

スノーラが僕達を止めようとするけど、黒いものの相手をしていて、僕達を止めることができません。

その間に僕達はギコギコギコ。鎖を切ろうと頑張ります。

『切れろ!!　切れろよ!!』

『鎖切れろ!!』

『切れろなの!!』

「きれちぇ!!」

ギコギコギコ!!

一生懸命鎖をギコギコするけど、やっぱり傷もつかなくて。それでも諦めないでギコギコします。

もっと僕達が使えるような武器ない？　このおもちゃの剣も、レオナルドお兄ちゃんに貰った大切な剣。だけど今はおもちゃじゃなくて本物の武器が欲しいよ。

大きな剣じゃ僕達が力を合わせても持てない。ドラちゃんと一緒なら持てるけど、ドラちゃんには魔法で攻撃していてほしい。

僕達でも持てる小さな本物の剣ない？　傷をつけられるだけでいいの、何か、何か武器は……

と、その時でした。

スノーラが黒いものの攻撃を弾いたんだけど、その反動で風がビュッと吹いて、向こうの方で何かが転がりました。

その転がったものを見た僕は、ルルリア様が言っていたことを思い出します。

『――武器にもなるからね』

確かにルルリア様はそう言っていました。

『レン！　早くギコギコして！』

『鎖切るなの!!』

止まっている僕に、ルリ達がそう言ってきます。

でも僕はルルリア様のことを思い出していました。一生懸命にいい音が鳴るように、ルルリア様が僕達に教えてくれたんだ。

その後はまだ一回もルルリア様に会ってないけど、でもずっと僕達は練習をしていました。

ただいい音が鳴るようにって、そればかり練習してたんだ。スノーラも「お前達が武器として使えるようになるのはまだまだ先だろうし、今はそれだけでいい」って言っていたから、僕達も今はそれでいいと思っていました。

それにスノーラは、どうやって武器になるのか分からないって言ってました。

僕達が見たことがあるのは、神様がルルリア様に叩かれている姿だけ。スレイブさんがダイルさんに使っているって話は聞いたけどね……まぁ、その使い方も武器の分類に入るのかな？

でも、今の僕達が持っている武器といえば、これしかありません。

僕は急いでハリセンの方へ、よちよち走りで向かいました。

スノーラが「戻ってこい」って叫びながら、僕の方に来ようとした黒いものの攻撃を弾いてくれます。

スノーラ、ありがとう！　でもごめんなさい、待っていて、すぐに戻るから。

スノーラのおかげで、僕は攻撃を受けないでハリセンが転がった場所に到着。

僕のハリセンとルリ達のハリセン、それからドラちゃんは魔法で攻撃しているけど、一応ドラちゃんのハリセンを持って、またよちよち走りでみんなの所に戻りました。

ふぅ、よかった。なんとか全部持ってこられたよ。

ルリの籠で寝ているブローを確認したら、肩より上だけハッキリ見えていて、他は完全に消えちゃっているか、半透明になっていました。今、ハリセンで攻撃してみるから待っていて！

ハリセンを持ってきた僕に、ルリ達が剣をしまって、それからドラちゃんも攻撃をやめて集まってきました。

それで『どうしてハリセン持ってきたの？』って聞いてきて。時間がないからささっと説明する僕。

「りゅりゅりあしゃま、れんちゅうちたら、ぶきにゃりゅっていっちゃ！　まじゃ、れんちゅうちてにゃい。でも、はりしぇん、ぶきだかりゃ、こりぇでこげき！」

『……うん、ルルリア様、そう言ってた！』

『お兄ちゃんから貰った剣も武器、でもハリセンは本物の武器になるなの！』

『そうだね、まだ武器として練習できてないけど、武器だもんね』

僕の説明ですぐに分かってくれました。そしてみんなで、すぐに自分のハリセンを持ちます。

僕も自分のハリセンをしっかり持って、そして鎖の前に一列で並びました。

「おい！　何をしている！　先程から言っているだろう、鎖に近づくなと！　まったく、剣をしまったと思ったら。頼むから大人しくしていてくれ！」

また鎖に近づいた僕達にそう言うスノーラ。

『スノーラ、大丈夫。手で触らない！』

『武器で攻撃するから、触らないから大丈夫なの！』

「そういうことではない！」

大丈夫、ルルリア様が武器になるって言ったんだもん。僕達の武器だもん。

僕はどうしてか分からないけど、絶対にこの鎖を切ることができるって思うんだ。理由を聞かれたら答えられないけど。でも絶対に切れるってそう感じたの。

それからね、いつの間にか僕の体の中はポカポカになってました。

いつもスノーラが、僕が魔法を使う時に、魔力を引き出してくれるでしょう。その時と同じ感覚。身体中がポカポカしていました。

「……これは、なぜレンの魔力が!?」

スノーラが何か言いながら僕の方を見てきたけど、ハリセンに集中していた僕は、スノーラが何て言っているか分かりませんでした。

待っていてね、ブロー。僕達が今、ブローを助けるからね。

両方の手でハリセンを握りしめてかまえる僕。そんな僕を見てルリ達もハリセンをかまえます。

「みんにゃいっちょ！」

『うん！　一斉にパシィッ!!　って』

『ボク、準備いいなの！』

『僕もいいよ！　レンがせーのって言って！　そうしたら全員でパシィッ!!　だよ！』

『分かった!!』

『うんなの!!』

僕がせーのって言うことに。大きく深呼吸をする僕。そして……僕は大きな声で叫びました。

「しぇーにょ!!」

パシ!!　パシッ!!　パチッ!!　パシィッ!!　みんなそれぞれ、ルルリア様みたいないい音は鳴らなかったけど、今までで一番いい音が鳴りました。

僕は叩く時に、体の中のポカポカをハリセンに流す感じでやってみたよ。

それで、僕がそう考えたらすぐに、ハリセンの方にポカポカが移動したみたい。

急いでみんなで鎖を見ると——そこには今まで通り黒いモヤモヤがまとわりついている鎖がありました。

あれ？　どうして？　僕、絶対に切れるって思ったのに⁉　どうして傷もついてないの‼　もうブローが消えちゃうんだよ、吸収されちゃうんだよ‼

僕はもう一回ハリセンで叩こうとします。ルリ達もね。でもスノーラが黒いものの攻撃を弾きながら僕達の所に来て、鎖から離れさせようとしたんだ。

「しゅのー！　もっかい！」

『もう一回やる！』

『まだやるの‼』

バタバタする僕達、それでもスノーラは離してくれません。

僕はブローを見ます。さっきまでしっかりと見えていたブローの顔は半透明に、それ以外は全部消えていました。

「ぶりょー、きえちゃう‼　もかいしゅる‼」

ブローがとっても苦しそうな、なんとも言えない表情をしています。

僕の目からは涙がポロポロ。ルリ達もポロポロ。いつの間にか泣いていた僕達。

そして……ブローの顔も消え始めて、僕は叫びます。

「きれちぇ!!　ぶりょー　きえちゃう!!　きれちぇ!!」

——ピシッ。

それは本当に小さな音でした。

でもこれだけ黒いものの攻撃や、エイデンお兄ちゃんやユイゴさん達の攻撃で、とってもうるさい部屋の中、その音は聞こえたんだ。

暴れていた僕は、ピタッと動きを止めます。

そして音が聞こえた方を見ようとして、ルリ達も動きを止めていることに気付きました。

しかも、僕が見ようとしている方を見ています。

もしかしてルリ達にも音が聞こえた？　急いで音がした方を見る僕。

そこには鎖があって……僕はじっとその鎖を見つめて、そしてあるものを発見しました。

「にょ？」

思わず変な声がでちゃいました。

でも僕はすかさず、さっきみたいに叫びます。

「きれちぇ!!　くしゃり、きれちぇ!!」

『切れて!!』

『切れるなの!!』

『急いで!!　早く切れて!!』

ルリ達も一緒に叫んでくれました。

あのね、今まで何をしても傷も付かなかった鎖に、一箇所亀裂《きれつ》が入っていたんだ。しかもその場所は、僕がさっきハリセンで叩いた場所なんです。

やっぱりハリセンが効いたんじゃないかな？　お願い!!　早く切れて！　そこまで亀裂が入っているならあとは壊れて、鎖が切れればいいだけだよ。お願い!!

僕は力を込めてもう一回叫びました。

「ぶりょー、たしゅける!!　きれちぇ!!」

その瞬間でした。

亀裂の入っていた箇所から外へ、ピシピシピシッ!!　って、どんどん亀裂が広がって、しかもそれは他の所でも起きたんだ。

そう、ルリ達がハリセンで叩いていた所にも亀裂が入って、そこからピシピシピシッ!!　って。

そして部屋の中で見えている鎖、全部じゃないけど、かなり亀裂が入りました。

スノーラの僕達を抱っこしている手から力が抜けます。

見たらとってもビックリした顔をしていて、僕はスノーラの手から抜けると、急いで鎖の方へ行きます。もちろんルリ達も一緒です。

そして鎖の前まで行くと、もう一度ハリセンを持って――

「みんにゃ！　もっかい!!」

『今度こそ!!』

『切るなの!!』

『絶対に!!』

「しぇーにょ!!」

みんなで一斉に鎖を叩きました。

パシ!!　パシッ!!　パチッ!!　パシィッ!!

叩いた瞬間、鎖が弾け飛ぶように粉々に飛び散って、完全に鎖が切れました。

そして亀裂は壁の向こうに伸びていた鎖の方にもどんどん広がって、部屋の中にあった鎖は全て粉々に砕け散りました。

「は？」

「は？」

「え？」

「え？　え？」

そんな声が周りから聞こえました。

誰？　気の抜けたような声出しているの。っと、今はそれよりも……

よかった！　やっぱりルルリア様に貰ったハリセンが使えたみたい。まだまだ練習不足の僕達でも、武器としてしっかり使えたよ!!

鎖を切ることができた僕達はニコニコで、ブローの所へ向かいました。

でも……そこにいるはずのブローの姿がなくて、僕もルリ達も固まりました。

そうだ、さっきもう一回ハリセンを使う前、もうブローはほとんど見えなかったんだ。もしかして間に合わなかった？

僕はドキドキ震えながら、ブローが寝ていた場所に手を伸ばします。今はもうブローの姿はなくて、いつも通りのルリの毛布が入っているだけ。

ルリ達は僕にくっついて泣き始めて——

「うにょ？」

僕が毛布を触ろうとした時でした。

僕の手は毛布に触ることなく、透明な何かを触って止まったんだ。何かある？　僕は見えない何かをそっと撫でてみます。

この小さな感覚、もしかしてブロー？　姿は見えないけど、まだここにいるの!?　まだ消えてない!?

僕は急いでスノーラを呼びました。

「しゅのー!!　ぶりょーいりゅ!!　まじゃここいりゅ!!　なおちて!!」

僕の言葉に、すぐにスノーラが飛んできました。そして僕みたいに毛布の上の透明なものを触って、すぐに回復を始めたよ。

「アーティスト、俺は子供達を守る！　ここはお前に任せるぞ！」

「了解!!」

「エイデン、お前も攻撃をスノーラ達の方へ近づけさせるな!!」

守ってくれます。

「はい!!」

今までブローを回復しながら、僕達を守ってくれていたスノーラ。

今はブローを助けるために回復に集中しているから、ユイゴさんが僕達を攻撃する黒いものから

僕達はスノーラを応援。でも途中でスノーラが回復をやめて僕の所に来ました。

「レン、魔力を引き出すぞ」

ハリセンを使う時に、ポカポカした僕の体は元に戻っていたからね。

スノーラが僕の頭に手を置いて、すぐに僕の体はまたポカポカになりました。

魔力を引き出しながら、どうすればいいのかスノーラが話してくれたよ。

今ブローは、本当に本当にギリギリで、今にも消えそうな状態で止まっているみたい。

いくら繋がりが切れていても、ここまで存在が消えていると、戻ってこられないかもしれない。

しかもスノーラでも回復に時間がかかって、間に合わないかもしれないんだって。

だから僕にも、一緒に回復してほしいって。

「ぼく、ひーりゅしゅる?」

『ああ、頼めるか?』

「うん!! ぼくやりゅ! ぶりょー、なおしゅ!!」

もちろんやるに決まっているよ!!

魔力が溜まった僕はすぐにブローの所へ。そしてスノーラと一緒に、今は見えないブローに向

かって、手のひらをかざします。

先にスノーラが回復を始めて、僕は自分がいいって思った時にヒールをやれって。

僕は目を閉じて、大きく深呼吸。

大丈夫、ルリのこと治せたもん。ブローだって治せるよ。

そう自分に言い聞かせて目を開けます。そして……

僕は大きな声で叫びました。

「ひーりゅ‼」

僕がヒールって叫んだ途端、僕の手の周りがポワッと光って、その後、光が溢れ出しました。

キラキラ、キラキラ。光の粒《つぶ》みたいなもの、光の花吹雪《はなふぶき》みたいなもの、それから粒よりも小さいサラサラと光るもの。色々なキラキラのものが溢れ出したんだ。

他にも、前に使ったヒールとの違いがありました。

光がね、違っていたんだ。真っ白い光、白と黄緑色が混ざったような光、虹色《にじいろ》の光、もう色々な光が溢れ出しています。

僕はビックリ。ルリを回復した時、こんなに凄いキラキラだったっけ？　これ大丈夫？　本当にヒール？

あまりにもキラキラが凄すぎて、僕は思わずスノーラを見て、大丈夫なのか聞こうとします。

でもね、スノーラが凄い顔して、僕のことを見ていました。

凄いっていうかなんていうか。

口を開けて、目は見開いていて、ポカンって感じの顔。

スノーラも僕のヒールを見てビックリしたみたい。しかもそのせいで、スノーラはブローを回復するの、止まっちゃってるし。

ちょっと、スノーラ！　ビックリしてないで回復してよ。ブローを助けるために、僕にできることならなんでもするよ。スノーラが一緒にって言ったんだよ。それなのにビックリして止めちゃうなんて。ほら、ビックリしてないで回復してよ。

僕のヒールが大丈夫なのか聞こうとしたのに、僕はスノーラを注意することになっちゃいました。

「しゅにょー！　かいふくちて！　ひーりゅちて！　とめちゃめよ!!」

「あ、ああ、そうだな。だが……」

僕がスノーラに注意していると、隣で僕達を見ていたルリ達が、一緒に注意してくれます。

『スノーラ！　早くして!!』

『早くなの!!』

それで注意の後は、まだ見えていないブローに、ブロー頑張れ!!　って応援を始めました。

僕達に注意されたスノーラは、注意されたのにまだのろのろ動きで、やっとブローに手をかざしたんだけど……すぐに手を引っ込めちゃいました。

もう！　何しているの!!

その時、僕達のちょっと前の方から、黒いものの攻撃が。ユイゴさんが急いで来てくれようとしたんだけど、その前にスノーラが黒いものを弾きます。

「レン、そのまま回復を続けろ！　もうすぐブローは回復する！　我の力はもう必要ない。我はお前の邪魔にならぬよう、こちらの相手をする!!　今攻撃される方が問題だ!!」

そう言って、次々襲ってくる黒いものの相手を始めました。

もうすぐ回復する？　本当に？　僕だけで大丈夫なの？

ちょっと不安になった僕、でも一生懸命応援するルリ達を見て、頭をフルフル横に振ります。

しっかり力を入れ直して、ブローを回復することだけを考えました。

その途端、また溢れ出る光が強くなってきます。

しかもその光が、籠の中、ブローがいるはずの場所に集まり始めたんだ。全部がどんどん集まっていく感じ。

そのうち僕から溢れる光は段々と少なくなってきて、最後はすぅっと消えちゃいました。

でも、僕から溢れる光は消えても、籠の中は光が集まったまま。

僕達はじっと籠の中を見つめます。凄い光なんだけど優しい光？　って感じで、目を眩らなくて大丈夫なんだよ。

と、ここでまた変化がありました。

今度は集まった光が、外に向かってシュシュシュッ!!　って感じで、飛び始めて、それと同時に籠の中の光は薄まってきました。

そして外へ向かって飛ぶ光が止まると、籠の中には小さな小さな光の玉だけが残っていました。

そしてその光の玉も、どんどん光が消えていって——

「ぶりょー？」

光が全部消えると、そこにはブローの姿がありました。

さっき、消える前の格好のままで寝ています。

「ぶりょー？　だいじょぶ？　おきちぇ？」

僕は静かにブローに話しかけます。

『ブロー？　起きて？』

『レンが回復してくれたなの。起きてなの』

『ブロー？　聞こえる？』

ルリ達もそっとブローに声をかけます。

でも起きる気配のないブローに、僕達はそのまま何度も声をかけ続けて、それからそっと頭を撫でてあげて。

ブロー、みんなで鎖を切ったよ。ディアブナスとの繋がりの鎖を切ったんだ。だからもうブローは吸収されないよ、もう自由なんだよ。これで今度は、あっ、ディアブナスを倒してからになるけど、いっぱい遊べるよ。だから起きて。

「ぶりょー、おきちぇ」

その時でした。

ブローの手がぴくって、一瞬動いた気がしました。

ルリ達も気がついたみたいで、声をかけるのを忘れてブローを見つめます。そして……

「うごいちゃ!!　ぶりょー、おきちぇ!!」

『ブロー!!　起きて!!』

『起きるなの!!』

『起きないと、本当にお菓子食べちゃうよ!!』

僕達は、またみんなでブローを呼び始めました。そうしたら今度は足が動いて、次は寝返りをうって。そして……

『う、う～ん』

そう言いながら、ブローが伸びをしながら起き上がります。

それと一緒に、また静かになっちゃう僕達。

ブローは目を擦って、周りをキョロキョロした後、僕達が見ているのに気付いて、『どうしたの？』って聞いてきました。

「ぶりょー!!」

僕はブローを手に乗せて、それからそっとブローを抱きしめました。

ルリとアイスは、僕の肩や腕に乗っかりながら、よかったよかったって。

ドラちゃんはお菓子食べられなかったって言いながらも、とってもニコニコだったよ。

『あれ？　僕どうしたんだっけ？』

「詳しい話は後でするが、とりあえずこれだけは先に言っておく！　ブロー、お前はディアブナスとの繋がりが切れて自由になったのだ！　どうだ？　もう繋がりを感じないだろう!!」

向こうで黒いものと戦っているスノーラが、ブローにそう言ってきました。

ブローは最初何を言われているかよく分からなかったみたいで、ん？　って顔をしていました。

でも僕達が繋がりを切ったってもう一回言ったら、慌てて自分の体を調べて、それから何かを考え始めて……

『……感じない。あの嫌な感覚がない』

そう言いました。

◇　◇　◇

突然ディアブナス様が止まった。

それに続き私、コレイションと他の者も止まり——ディアブナス様が壁の向こうを睨みつける。

何だ？　そう思いながら私も同じ方を見た。

すると鎖が続いている方、街側で何かが弾けるのが見え、それがどんどん私達の方へと近づいてきており。あれは……まさか!!

目を凝《こ》らし、しっかり確認する。間違いない、ディアブナス様から伸びている鎖が、弾け飛んでいるのだ。

ハッ!!　としてディアブナス様を見ると、全身からかなりの魔力を出していた。

体を包む魔力によって、ディアブナス様の周りの空気が歪んでいるように見える。

そしてディアブナス様の表情は……

「ディアブナス様」

「奴らめ、なぜこの鎖を切ることができた。確かに繋がりが見えるようになったことは、我にとって予想外だったが、これは簡単に切れるものではない」

そうディアブナス様が話されている間にも、鎖はどんどん弾け飛び、もうそれは目の前まで迫っていた。

そして最後には、ディアブナス様の胸から出ていた鎖が、完全に砕け散った。

砕け散った鎖は、サラサラと砂のようになり、風に乗って空へと消えていく。

「……」

「ディアブナス様……」

何もお答えにならないディアブナス様に、私はもう一度声をかけた。

何をお考えになっているか分からない以上、余計な声かけをして、一瞬で消される可能性もあったが、そんなことを心配していても仕方ない。

ディアブナス様は恐ろしい形相《ぎょうそう》で屋敷の方を睨んでいたが、ニヤリと笑みを浮かべると、地上に降りた。

「まあいい。繋がりは切れてしまったが、復活するための力は完全に溜まったようだ。あの時、少しでも子供の力を取り込んでおいたのがよかったか？」

そうおっしゃったと同時に、ディアブナス様の体の周りにまとわりついていた力が爆発した。

その爆発した力は、私達の周りに、街に、そして周りの森や林にも広がっていく。

目が届く範囲が全て、ディアブナス様の力で覆われたのだ。

また、今までディアブナス様にまとわりついていた力よりも、さらに強い力がディアブナス様から次々と溢れ出していた。

いつ変化したのか気付かなかったが、いつの間にかディアブナス様がお召しになっていた洋服も変わっている。姿もラジミールではなく、完璧に別人へと変化していた。

私達はその場に膝をつき、ディアブナス様に頭を下げる。

闇精霊と繋がりが切れるという問題は起こってしまったが、ディアブナス様が、完全に復活されたのだ。

ついに私の夢が叶《かな》った。

こんな素晴らしい日にここにいることができる私は、なんて幸せなのだろう。部下の中には、涙を流している者もいる。

しかし新たな課題もできた。

というのも、復活されたディアブナス様の、本来の力がこれほどとは思っていなかったのだ。気を抜けば魔力圧にやられ、すぐに気を失ってしまいそうだ。早く慣れれば問題ないが……足手まといにならないようにしなければ。

そんなことを考える私の前で、ディアブナス様はぽつりと言う。

「最後の最後で逃げられてしまったが、復活はできたので問題はない。が、新たな力を手に入れるためにも、奴らの所へ行き、我の糧としてやろう。子供も予定通り取り込むぞ」

「はっ‼　かしこまりました！」

「それが済み次第、我はあそこへ向かう」

「あそこと申しますと？」

「我が最初に封印された場所だ。あそこにはかなり多くの闇の魔法が眠っている。それを眠りから解き放ち、さらなる力へと変えよう」

「かしこまりました」

最初に封印された場所……首都ベルンドアか。

確かにあそこには色々なものが眠っている。いくつかは持ち出すことができたが、まだかなりのものが封印されたままだ。あそこに眠っている魔法を使うことができるようになれば……

今の状態では、私達はかなりの迷惑をディアブナス様におかけすることになるだろう。

だがそれらの闇の魔法を使えるようになれば、少しはディアブナス様のお役に立てるはず。

「行くぞ」

「はっ‼」

私達は、すぐに屋敷に近い方の外壁へと向かう。

それにしても、一体誰が鎖を切ったのか？

あの屋敷の中で可能性があるのは……あの男か。

昔ディアブナス様を封印した者と契約していた、スノーラとかいう魔獣。そいつと同じ名で呼ばれている男がいたな。

あの男もかなり力を持っているようだった。監視もつけていたのだが、いつもいつの間にか姿を消していたため、あまり情報はない。

あとは、ディアブナス様も気にしている、あの異常な魔力量を持つ子供か？

他にも数人、領主を始めとして力を持っていそうな者はいるが、やはり一番可能性があるのはあの子供だろう。

しかし、その方法は？　魔法を使ったのか、剣で切ったのか。

いくら魔力量が多い子供だとはいえ、あんな小さな子供が魔法を使えるとは思えない。剣に至《いた》っては、持つことすら難しいだろう。

ならば他に方法は？　小さな子供でも攻撃できるものは何だ？

ディアブナス様が復活された今、大した問題ではないだろう。

しかし……何か嫌な予感がしてならない。

ようやくここまで来たのだ、邪魔などされてたまるものか。ディアブナス様はすぐに子供と精霊を取り込むだろう。だが、それまでの間、しっかりと奴らを見張らねば。

◇　◇　◇

嫌な感じがしないって言ったブローは、目を瞑って、何があったかを思い出そうとしています。

『そういえば僕、さっきまであいつの所にいて、それであいつがもうすぐって……』

その時、今までずっと攻撃してきていた、あの黒いものの攻撃がピタッと止まって、音が全部消えました。そう、僕達がドロドロ沼に捕まる前の時みたいに。

「スノーラ！　あの攻撃が来るかも！　レン達を攫ったあの攻撃だよ！」

エイデンお兄ちゃんがそう言うと、すぐにスノーラは僕達を抱き上げます。

ドラちゃんもしっかりとスノーラの隣に立ちました。

でもブローは、今の状況がやっぱりまだよく分かっていないみたいです。

僕はルリとアイスと一緒にブローのことを抱っこしていたんだけど、二匹がブローに今の状況を話してくれようとしました。

でもそれも途中で中止。

お屋敷全体がドンッ!!　って大きく揺れたんだ。

その感覚は、何か上から落ちてきた？　押さえてきた？　そんな感じのものでした。

僕はスノーラにギュッと抱きつきます。

今度は何が起きたの？　今のところあのドロドロ沼は出てないけど。

「……間に合わなかったか。ブローを救うことはできたが、ブローを完全に取り込まなくとも復活したようだ」

そう言うスノーラ。スノーラの顔を見たら、今までで一番怖い顔をしていました。

それから周りを見ると、ユイゴさんもアーティストさんも、とっても怖い顔をして窓から外を見ています。

エイデンお兄ちゃんはスノーラの言葉を聞くと、すぐに洋服からあの連絡用の石を取り出して、その石を発動させながらお部屋から出て行ったよ。

何々？　どうしたの？　僕を抱っこしたままのスノーラが、ユイゴさん達の隣に移動して、一緒に外を見ます。

僕も首を伸ばして外を見てみたんだけど……外は凄いことになっていました。

たぶん外で光っているのが、ドラゴンお父さん達が張ってくれた結界だと思うんだけど、その結界の周り、それから空まで、今までに見たことがない光景が広がっていたんだ。

まず結界の外。

色々な箇所で火花みたいな、雷みたいなものがバチバチしていて、たくさんの魔獣が結界を攻撃していました。

見たことのない魔獣ばっかりで、目が赤く光っています。

大きいものから小さいものまで色々で、結界を破って入ってこようとしているんだ。

それから空。

こっちは、さっきまでは黒と紫と青がウニャウニャしている感じだったけど、今度はそれに雷《かみなり》と渦《うず》が混ざった感じになっていて、遠くの方には竜巻みたいなものが見えました。

「うじゃうじゃ」

『あれは復活したディアブナスが召喚《しょうかん》した魔獣達だ。それと奴の力で色々な場所に災害が起きている』

復活……やっぱりさっきスノーラが言っていたの、ディアブナスのことだったんだね。

でもでも、ブローは助けたよ、繋がりも切ったんだよ。それなのにどうして復活しちゃったの？

それに、あんな大変なことになってるなんて……復活したディアブナスは、思っていたよりも凄い力を持ってるみたい。

僕達に倒せるのかな、これからどうなっちゃうんだろう。

僕は窓の外を見ながら、そう思いました。

中学生の望《もち》月《づき》奏《かなで》は、一緒に事故にあった子犬とともに、神様の力で異世界に転生する。子犬は無事に神獣フェンリルの赤ちゃんへ生まれ変わったものの、カナデは神様の手違いにより、2歳児になってしまった。おまけに、到着したのは鬱蒼とした森の中。元子犬にフィルと名前をつけたカナデが、これからどうしようか思案していたところ、魔物に襲われてしまい大ピンチ！　と思いきや、ドラゴンの子供が助けに入ってくれて——

◉定価：1320円（10%税込）　ISBN 978-4-434-32813-8　◉illustration：.suke

Re:Monster
リ・モンスター
金斬児狐
Kanekiru Kogitsune
1〜9・外伝
8.5
暗黒大陸編1〜3
シリーズ累計
150万部
(電子含む)
突破!
TVアニメ化
決定!!
ネットで話題沸騰!
怪物転生
ファンタジー
最弱ゴブリンの下克上物語 大好評発売中!
コミカライズも大好評!
【小説】
1〜9巻／外伝／8・5巻
●各定価：1320円（10%税込）
●illustration：ヤマーダ
新章
【小説】
1〜3巻（以下続刊）
●各定価：1320円（10%税込）
●illustration：NAJI柳田
【漫画】
1〜10巻（以下続刊）
●各定価：748円（10%税込）
●漫画：小早川ハルヨシ

月が導く異世界道中
Tsukiga Michibiku Isekai Dochu
あずみ圭
Azumi Kei
1~19
8.5
シリーズ累計360万部の超人気作!(電子含む)
TVアニメ第2期放送開始!
2024年1月8日から 2クール
TOKYO MX・MBS・BS日テレほか
異世界へと召喚された平凡な高校生、深澄真。彼は女神に「顔が不細工」と罵られ、問答無用で最果ての荒野に飛ばされてしまう。人の温もりを求めて彷徨う真だが、仲間になった美女達は、元竜と元蜘蛛!?　とことん不運、されどチートな真の異世界珍道中が始まった!
2期までに
原作シリーズもチェック!
薄幸系男子の成り上がりファンタジー、開幕!
なんでだろう 親の都合で異世界へ
読者賞受賞作!
待望の書籍化!
●各定価：1320円(10%税込)
●illustration：マツモトミツアキ
1~19巻好評発売中!!
あずみ圭
木野コトラ
シリーズ累計29万部
とことん不運、されどチート!!
漫画：木野コトラ
●各定価：748円(10%税込)　●B6判
コミックス1~13巻好評発売中

この作品に対する皆様のご意見・ご感想をお待ちしております。
おハガキ・お手紙は以下の宛先にお送りください。

【宛先】
〒150-6008 東京都渋谷区恵比寿 4-20-3 恵比寿ｶﾞｰﾃﾞﾝﾌﾟﾚｲｽﾀﾜｰ 8F
（株）アルファポリス　書籍感想係

メールフォームでのご意見・ご感想は右のＱＲコードから、
あるいは以下のワードで検索をかけてください。

アルファポリス　書籍の感想　検索

ご感想はこちらから

本書は Web サイト「アルファポリス」（https://www.alphapolis.co.jp/）に投稿されたものを、改題、改稿、加筆のうえ、書籍化したものです。

可愛《かわい》いけど最強《さいきょう》？　異世界《いせかい》でもふもふ友達《ともだち》と大冒険《だいぼうけん》！３

ありぽん

2023年 12月 31日初版発行

編集－村上達哉・芦田尚
編集長－太田鉄平
発行者－梶本雄介
発行所－株式会社アルファポリス
〒150-6008 東京都渋谷区恵比寿4-20-3 恵比寿ｶﾞｰﾃﾞﾝﾌﾟﾚｲｽﾀﾜｰ8F
TEL 03-6277-1601（営業）　03-6277-1602（編集）
URL https://www.alphapolis.co.jp/
発売元－株式会社星雲社（共同出版社・流通責任出版社）
〒112-0005 東京都文京区水道1-3-30
TEL 03-3868-3275
装丁・本文イラスト－中林ずん（https://potofu.me/zunbayashi）
装丁デザイン－AFTERGLOW
印刷－図書印刷株式会社

価格はカバーに表示されてあります。
落丁乱丁の場合はアルファポリスまでご連絡ください。
送料は小社負担でお取り替えします。

ISBN978-4-434-33110-7 C0093